U0895680

Las Curas Milagrosas del Doctor Aira

CÉSAR AIRA

艾拉医生的神奇疗法

[阿根廷] 塞萨尔·艾拉 —————— 著　于施洋 —————— 译

浙江文艺出版社

目录

El Cerebro Musical

第一篇

Las Curas Milagrosas del Doctor Aira
艾拉医生的神奇疗法

艾拉医生的神奇疗法

I

一天清晨，艾拉医生突然发现自己走在布宜诺斯艾利斯某街区的一条林荫道上。他有梦游症，在陌生但其实很熟悉的小道上醒过来也没什么奇怪的（熟悉是因为所有街道都一样）。他的生活是一种半游离半专注、半退场半在场的行走。在这种交替中，他创造了一种连续性，即他的风格，或者说，如果一个周期结束，也就创造了他的生命——他的生命将一直如此，直到尽头，直到死亡。他已经快五十岁了，死亡这个终结或近或远，可以在任何时刻发生。

在一栋浮夸的小别墅跟前，人行道上，一棵美丽的黎巴嫩雪松骄傲地擎着圆形树冠，立在玫瑰灰的风里。他停下来凝视这棵树，心里满是钦佩与爱怜。他对着它默默发表了一个小演说，混合了赞美、虔诚（祈求保佑）以及，奇妙的是，一些描述，因为他意识到，随着时间的推移，虔诚会变得有些抽象和机械。这时候，他发现树冠既枯败又葱郁，透过它可以望见天空，但不是没有叶子了。他踮起脚尖，想把脸凑近低矮一点的树枝（他非常近视），发现那些橄榄绿色羽毛似的树叶都半卷着；也许不久它就将失去这些叶子，毕竟已经是深秋，所有的树都在艰难抵抗着。

“坦率地说，我不相信人类能在这条路上再走多久。这个物种已经对地球实现了绝对统治，不会再面临任何严重的威胁，好像只需要继续生存、尽情享受，不用为此下任何赌命的赌注。就这样继续前进，确保早已稳妥的事情。在所有前进或者是后退中，无论多缓慢，总在越过一道道不可逆转的门，谁也不知道我们已经穿过哪些，正在穿过哪些；一些能刺激自然做出反应的门槛，如果把自然理解成对生命实行全面调节的机制，它也许会被我们的这种轻浮激怒，不再让某物种，哪怕是人类，从生命的基本需求中解放出来……当然，这是我过于个人的想法，把我们内在的力量实体化、外化了，总之我自己明白。”

跟一棵树有什么好说的呢！

“我不是在预言灾难、病祸，或者别的什么微妙的问题，都不是！如果我判断正确，大自然的调节正在人类的幸福舒适里进行，是享受的一部分，尽管我不知道具体是怎么发生的。”

他一直走，已经离那棵树很远了。时不时地，他停下，全神贯注地打量身边某个点；每次都是急刹车，停大概半分钟，似乎也没有规律，只有他自己知道在遵循什么，而且不太可能跟任何人说。一些充满羞耻感的停顿，跟记忆同步，记忆从他无所事事的游荡，以及“怕被愣”[①]里螺旋散开。不是他不喜欢这些记忆，正相反，但他不能阻止它们在头脑的晕眩中突然出现，而且极其生猛，能麻痹双腿，让他没法动弹，等好一会儿才有力气继续前进。时间把他从过去的憋闷里拉出来……已经拉出来了，带到了现时。“怕被愣”是时间的停滞，一切都会凝固，全是记忆，保存在最难破解的保险箱里，任何陌生人都打不开。

一些完全私人化的小傻事、笨手笨脚、闯祸，跟别的任何人都没有关系。这些傻事被他记下来，就像人生河流里一个个意识的泥团。出于某种原因，它们不能被表述，

---

① “怕被愣”，原文为papelón，是指“纸/角色”，某些西语地区有“做出疯狂举动”的意思，但本文作者使用时也加引号并不断描述，即不是一个既定概念，试译为“怕被愣”作某种程度上的音义呼应。

拒绝被翻译，例如译成眼下的某个片段。它们跳转到现在，就会让他在梦游里停住（是梦游把它们从往日迷宫般的藏身之所拽出来）。他越是走，越可能牵出一桩傻事，尽管他不想。这样，他无尽的散步就变了性质，成了在消逝青春的分岔迷宫里来回穿梭。也许在一切之后存在着某种规律，在时空里画着一幅图，用每次停留创造出一段空的距离……但他没法证明这个定理，不能向自己阐明那种回忆出现的时候停下步伐的原因——盯住一个点停下来可以解释为一种掩饰的意图，好像这个点特别有趣，让他不由自主迈不开步，但是停下来这个动作本身，“怕被愣”和静止不动之间的关系，没有心理学分析还是说不清。也许关键在于那些窘迫时刻的属性，在于它们的根本和共通因素，如果这样，他的所作所为，在最纯粹的形式上，只是强迫自己重复。

再进一步来看这个问题，显而易见，“怕被愣”已经发生了，每个人都会经历，这是人在社会中不可回避的“事故”，唯一的解决办法是遗忘，没错，唯一的办法，因为时间不倒流，无法被删改。但他不会遗忘（他有大象一般的记忆力），于是只能诉诸孤独，一种对同伴的完全疏离，这样，他再笨拙迟钝，至少把影响减到了最小。这样看梦游，在他意识和意图的另一层面，应该也是一样的，作为一种事后补偿，梦游人确实带着一种效果很好的优雅。

如果跟自己说实话，他应该承认也不光是“怕被愣”；寻找这个共通因素要遵循一条不好把握的曲折的逻辑线索，或者放宽“怕被愣”的定义：因为这个词也可以指市井习气、悭吝狭隘、计算失误、胆小怯懦，总之，内心深处在回顾过去时，助长羞耻感的一切。不是要怪谁（尽管这些停滞的瞬间里，心里有个声音狂喊“蠢死了！蠢死了！”），他知道这一切在发生的时刻就已经没法挽回了。所幸这些事都微不足道，既不是犯了什么罪，也没造成丢脸之外的任何损失。

总之，他对自己保证，再也不干这些蠢事，这只需要时刻专注，不急躁，保持荣誉感和良好的教养。毕竟在他非常的治疗工作中，一个“怕被愣”可能酿成极其严重的后果。

小说里，“怕被愣”是精心准备的，既要构思巧妙又要不留破绽，有时候很矛盾，最后显得写一个所有人规规矩矩的场景才更自然平淡。艾拉医生认为，所有的暴力行为都是道德、智力和社会层面的过失，会在理想行为的光洁皮肤上留下伤痕。他是那种绝不诉诸暴力的人。毫无来由地，他总忍不住想象自己身在贼窝，在最凶悍的罪犯中间，用理智的方式引导、对话、倾听别人，也展示自己的观点的样子。他由此避免暴力的发生——哪怕形势趋于暴力，哪怕他们抓了他卧底的现行……要不是他先闯入他们的世界，又怎么会被抓呢？他跟自己保证过，不要再陷入任何尴尬的局面。他可能是误入了那个假设的贼窝，以为那里是空的，没人的，而这就是注意力的问题，他不是应该时刻清醒，眼睛都不眨一下吗？真是说起来容易做起来难。专注可以通过苦练和修行达成，而他也做了相应的生活计划，但即便这样，还是不排除发生这样的怪事的可能性：睁开双眼发现自己身处藏满赃物的洞穴，不及反应，进来一群面露凶相的家伙……当然完全出于他的想象，可能性微乎其微。有什么可以阻止他跟这些强盗开始一段文明的交谈，让他们理解发生了什么（瞬间移动、梦游症之类）呢？不过在这里，强盗也是臆想和假设的一部分，他的成功说服没有任何展示的价值。真正的现实是鲜血和打击、哭喊和甩门声构成的。礼貌教养的光彩最终会留下抓痕，不在这条事件因果链上，就在时间分岔出去的其他链上，无法避免。

一个修理厂门口躺着一条大狗，看到他靠近，起身，露出尖利的牙齿。他顿时一身冷汗。有些人经常不拴狗链，让狗就在过路的地方随便待着，对来往行人的抱怨来一句“它很乖，不咬人”，真是太没公德心了。他们这么说是诚恳的，自己真信，但别人可不都信，要是摩托车那么大的狗照他们盖过来，一块黑毯子似的……

他跟超自然疗法的最初联系就始于狗。小时候，在普林格莱斯上校城，乌裘拉特下令把所有的狗赶出市中心，一条不留，绝不姑息。恐惧（那正是可怕的脊髓灰质炎流行的时代）战胜了主人与宠物之间的感情，迫使大家遵守了命令。政策是临时的，执行了三年，不过谁也没有真正跟动物分开——把它们关在乡下就行了，在一个以农业生产为主的小城市，总有个亲戚朋友在附近置办了小庄园，狗就被送到那些地方。问题在于，普林格莱斯唯一的兽医离他的患者就远了，即使他乐意出诊（他得继续工作呀，还有什么办法），每次都很麻烦，又贵。这样一来，给发情期的小公狗结扎就显得尤其迫切。一个恐怖的做法是把它们交到种地的短工手上，他们会做一些原始的外科手术，烧热铁片就上（也不消毒）。在这种情况下，有人选择多花点钱，有人闭上眼睛，还有人犹豫不决……绰号“疯子”的摄影师就是利用了这个机会，开展起远程、无痛阉割手术，在普林格莱斯轰动一时。那时候刚八岁的艾拉医生也听了不少传闻，虽然经过小伙伴们的描述已经严重歪曲。那个时代，人们还很少谈论这样的话题，更别说他那样正经的中产阶级家庭。他的好朋友呢，棚户区的贫民，倒没有这样的“信息闭塞”，不过他们又太无知，只会鹦鹉学舌。

疯子的方法非常吓人：在狗主人身上进行一系列漫长烦琐的青霉素注射，狗不用送来就被阉好了。这是从大家在传的故事里还原的版本，谁也说不出还有什么，可能就这样了。也说不清楚谁真的接受了这样奇怪的治疗，但这些信息已经足够他自己再虚构出一种远程作用的可能，在异质元素中创造出一种新的连续性，之后他的整个精神世界都建立在这个前提上。疯子的方法（如果他真用过）不久就在一场巨大的声讨中搁置，因为城郊一个小庄园里生了一只无头狗：这只西班牙猎犬的身体在脖子那儿生生截断，但确实是活的，还活到了成年。

人们的想象总能无端地把一件事跟另外一件事联系起来，疯子自己可能也被吓到了，一时间偃旗息鼓。艾拉医生并不知道那只狗身上发生了什么；时候一到，它也会像所有的狗那样死去。很多人来看它（倒是没带着它到处给人看），挺活泼的，是没头，但超级活跃。它的神经系统在脖颈处形成一个球茎状的突起，上面像罗赛塔石碑，布满了象征着眼睛、鼻子、嘴巴、耳朵的符号，它就靠这些符号活着。照理说，这么一个怪物的存在，应该引起全世界科学家的注意，它将被看作一个生物界的奇迹，可惜村子里的人对这种奇迹司空见惯了。更确切地说，这是一个悖论，以前他们更为习惯，也就是在没有收音机、电视机和杂志的隔离状态下，每个人的世界就是他们活动的那个小世界，他们的规律容许例外、延伸，就像存在一个容许例外和延伸的整体。

既然这事发生在了一只狗身上，为什么不能发生在一个人身上？种种可能性，无尽且无尽神奇，划定了理智的界限，总是局限的界限。所有那些他打算用来对付洞穴里的强盗的礼数，不过是生活中与不同疯狂暴力相近的形式之一。理性只是行为的一种方式罢了，仅此而已，并没有什么特权。把理性推及一切，当作治愈万恶的良方，只是他个人的做法，而且像一种病症：把理性的药膏涂抹全身，但只用于他，和他活在其中的欺骗。他崇拜并视为榜样的理性人物们（比如马里亚诺·格龙多纳[①]）身上，理性只是一种姿态[②]，他们以此谋生，但是真正的生活却不那么理性，或者说只是间歇地，不那么严格地理性着，视具体情况而定，该怎样就怎样。要让行动有效，必须从纯粹的

---

①马里亚诺·格龙多纳（Mariano Grondona, 1932— ），20世纪50年代作为法律专业学生，带头反对庇隆政府；60年代起，供职和领导多家报纸、杂志、电台、电视台，积极评论事实、引导阿根廷民众舆论，主要思想特征是右翼、支持军事政变和军政府独裁、保守天主教、亲美。

②原文此处为法语pour la galerie，大意为“迎合，讨好，卖弄噱头，哗众取宠”。

理性中抽离出来，否则只会是一个没有实际用处的抽象框架。

抽离需要借助现实主义。当然，现实主义只是一种再现，但是，正因为这样，如果它构成一段完整的话语，就可以变成完全自发的，变成一种存在方式。现实主义是对合理之物的偏离，理论指出一条笔直的道路，会生活的现实主义者走一条蜿蜒曲折的路……每次从直线离开都出于恶的性质和动力，不论减弱多少、有没有恶劣后果，它的本质依然是恶的，只有这样，分离才有效，现实主义才能产生并透露真相，跟理性的苍白幻想完全不一样……也许在这里，出于显著的善用，才体现出恶的功能。

救护车的警笛打破了整个街区清晨的宁静，听起来十万火急，又似乎迷失了方向，在空旷的街道上来回转圈。警笛驶近还是驶离的区别非常明显，哪怕处于同一个距离，这种区别使得艾拉医生可以画出救护车复杂的路线图。这种追踪完全是无意识的，就在刚才那几分钟，沉浸在其他的思考和回忆里，而这会儿，狗扑向他的时候，他突然警醒过来，救护车的来来回回是画了一个朝他越收越小的圆……又是那该死的救护车！不管睡着还是高度警惕，不论幻觉还是身在现实，那辆救护车总是放肆地鸣着笛，沿着两个王国的不定边界飞跑。幸好从来没追上他。像一个噩梦，从来不会真的发生，因为这样又更像个噩梦，每次最后快被追上的时候，不知道怎么就从迷宫中心逃脱……生死存亡的瞬间，恐惧几乎要挣破现实，他会把威胁的感觉变成另外一种元素，就像现在对狗，建立一个新的连续，以此为桥梁，走到恐惧的反面。

突然，鸣响的超声波似的警笛，以及那离他只有几厘米的紧急刹车，把他从幻想拉回到现实中。场面迅速变化，不容人多想，他反应了几秒钟，才明白救护车已经拦下他了，而且自己不知道该怎么办。总之，无法想象的事情发生了。跳到空中的狗听见只有它能听见的乐音，摔到地上，打了个滚儿，开始围着自己转圈。

他回过神来，重振涣散的伪装，做出随意、几乎冷漠的表情。两个年轻医生从救护车上下来，稳稳地向他走来（其实只离着一步），穿护工制服的黑人壮司机也从另一边下车转过来。他僵住了，脸煞白，嘴发干。

“是艾拉医生吗？”一位医生说，语气不像提问，更像确认。

他点了点头。没有必要否认。他还是不能相信救护车经过这么长时间，绕了这么多弯，终于把他追上了。车停在那儿，实实在在，白得发亮，真实得让人无法忍受。救护车在城里转来转去，谁也不认识，最后把他认出来了

（医生的话就是证明）。

“我们找您好长时间了，您可不知道费了多少劲。”

“您家里，”另一位医生说，“说您出门散步了，我们就跟着到处找……”

司机也在旁边笑嘻嘻地插话：“真没想到您沿着这条大路一直走。”

大家会意地笑了笑，因为都急着直奔主题，三个人一起说的话；现在，寒暄告一段落：

“我是费雷拉医生，幸会。”一名医生伸出手，艾拉医生机械地握了握，“我们遇到一个严重的病例，病人要求您来会诊。”

“来，我们到‘小客厅’接着聊，别耽误时间。”

转眼工夫，他们已经在救护车里了，顺利得让人害怕。黑人司机开着车，风驰电掣，警笛又嘶叫起来，树木和房屋划过，像一帧帧屏幕切换，周围一片狗吠……艾拉医生的注意力瘫痪了。两个年轻医生一直在说话，轮流，或者一人占主导，目光炯炯，脸庞还很孩子气，一层看不见的汗珠是他们的漂亮面具。他（过多地）听着他们说话，但什么都没听进去，目前他还完全不担心，相信他们只是在念一个背熟了的剧本，需要的话，还可以重复无数遍，或者已经是在重复了。头脑重新启动的时候，他问自己的第一个问题是为什么上了这辆车。他的解释是这样最简单，最能避免麻烦。现在他只需要下车回家，这场戏演不了多久，不然就成了绑架，警察会找上来的。他唯一的想法就是扛住他们的恳求、提议，回绝一切，这并没有多难。

突发事件破坏他计划的时候，他整个人都是木的。很多次了，所以早有准备：一套自救工具随身揣在衣兜里。他自救的宗旨是逐个恢复感官，他坚信，一旦感官恢复，想法就会自行重组。这套工具包括：一小瓶圆圆的法国香水，橡皮头上有滴管，取出来可以点在鼻孔上；一枚顶针大小带木柄的小银铃；一尊小熊形状的神像，裹着兔皮，戴着天鹅绒便帽，适合摩擦指尖；一颗石英骰子，带着发磷光的色点，二十一个点，二十一种颜色；一种薄荷糖。这套工具非常方便，几秒钟就可以派上用场，藏在外套口袋的一个小铁盒里。但是他想偷偷用，这在眼下没办法，就还留在口袋里吧。而且他也完全不需要恢复到哪种神志，恰恰相反，他知道自己容易想太多，结果掉进自己的陷阱。

陷阱正在布下。他只需要跳出来。陷阱就是让他不断思考，直到说服自己那不是陷阱。

“抱歉，我还没有自我介绍，”另一位医生说，“我是比安基医生。”

他们伸出手，都不用伸太长，救护车后面的折叠椅很紧凑，几个人挤挤挨挨。

这表明他们准备重新开始解释了，假装深入到一些之前没说清楚，模糊的细节。并且，在随后的对话中，艾拉医生确实捕捉到了“皮耶罗”这个他潜意识里一直等着的词。这场以他的人和技艺为目标的追捕，都是在皮耶罗医院住院医师的头儿，居心险恶的阿克汀[①]医生的授意下进行的。攻击和圈套都从那儿开始，他们也正朝那儿开去：弗洛雷斯下城区老医院。

很好，这次是什么，又会是什么？他已经记住了这一切：垂死的病人，传统疗法的失败，家人的焦虑……病因不详……总是这样！长年的病痛，从绝对真实的框架中抽取出来的时候反而更加沉闷，要么全是游戏，要么什么都不是……跟病人不同，医生总是能再试一次，哪怕并不是虚构的，就像现在这里一样。虚构的可能性玷污了它所依据的真实，可信物本身。

一道帘子纵向地分隔了救护车。帘子拉上了：病人在那边，捆在担架上。他们还把他带来了！这些可怜人，还真是什么都不怕！阿克汀大概会想：“打场硬仗，干什么都行。”

---

① 阿克汀，原文中医生的姓为Actyn，非西语国家常见姓氏，疑取自英语单词Actin。Actin即“肌动蛋白”，是细胞的一种重要骨架蛋白。文中试音译作阿克汀。

那两个医生俯身靠近病人，带着非常强烈又专业的投入，都忘了艾拉医生的存在。他们一一检查了生理盐水、虹膜、血压监测仪、脑电图和磁共振呼吸机。这辆救护车很新，配备有重症监护的各种设备。病人是个四十五岁左右的男人，明显接受过放射治疗，左半边头顶已经全秃，左耳也变形了。简直像真的一样……但他不应该思考来着。他把目光移向车窗，他们依然直行，沿着找到他的那条街开得飞快，警笛声开到最大，像箭穿过路口，一个又一个，再一个……他们现在到哪儿了？一排排房子，市郊贫民区低矮破败的房屋，像流星一般飞快向后疾逝。他们好像还在不停加速。

他回过神来，有人在和他说话，向他描述一个极其严重的临床病例。不错啊，两个年轻医生侃侃而谈，用这么专业的术语，好像就在电路中间长大似的。周围所有仪器都开着，他们利用数据做报告。一条闪烁的曲线，一个零点几的数值，一张胰岛素注射情况图。数据分区，输入一个三维波动的表格，表格正在其中一个监视器上，像个杂色胶状立方体般跳动。医生们在衣兜里敲动无线键盘，读取出各种信息。

“您知道这项技术吗？”费雷拉医生注意到艾拉医生的惊讶，“这是双蛋白，用感应式旋杆控制，您想试试吗？”

说着将键盘递了过来。

“不了，我怕会搞砸。”

“您看，科技进步是挡不住的……”

是是，这话说给别人听吧。镜头在哪儿呢？仪器这么多，要藏很容易。阿克汀这时候应该正在看着他，身边一群跟班，把所有东西都录下来。现在他明白了为什么救护车总是直线行驶，不在任何街角转弯：因为转弯会导致图像信号暂时减弱，阿克汀不想错过任何一秒。这让艾拉医生有点担心，这说明他们期待的只是他一瞬间的失误……

他们在和他说什么呢？已经进入了问题的核心：

“……艾拉医生，您的能力，尽管从我们严格理性的角度来说……”

另一个同时道：

“……能做什么都可以试试，技术就是帮我们穷尽各种可能性……”

艾拉医生想说的是，这些不可思议的设备摆在这儿，正加速了像他一样的魔法医生的参与，因为现在，传统医学几乎立刻可以直抵无法跨越的边界，这就在他与他们之间建起一座桥，让参与治疗的请求显得更真切。

怎么参与呢？让一个绝症病人起死回生，把他从死亡边缘拯救出来。这有什么特别的！这不总在发生吗？不是每位命悬一线的病人都在得到拯救？这是人与世界正常的互动机制：现实寻找一种新的点子，拼命找，因为所有点子都被其他人想到过了……最后总能找到。

显然，眼下他们想看的是，他的操作到底有多神奇有趣，仪式有多诡谲魔幻，他们会强调哪些荒谬成分。他当然不会让他们得意。

因为这一切都相当于一个医学的“隐藏摄像机”①，区别在于这已经吓不着他了。他们搞了很多次这种名堂，现在只能来个“惊中之惊”，看能不能在不同层次中间捡个漏儿。

他望着他们交谈，注意力时而集中，时而游离，以至于距离他如此之近的两张青春、热切，几乎有些狂热的脸庞，变得不真实起来。的确是假的，对于这一点，他没有任何怀疑，虽然只是在某种程度上，毕竟他们是两个有血有肉的人。“隐藏摄像机”在近些年的普遍使用（有为了开各种各样的玩笑，也有为了恐吓腐败的政客、虚伪的商人、偷税漏税者，以及医疗行业中潜入的罪犯）迫使使用者付出了很大的代价，因为演员不能重复呀，不能吓跑了入套的鸟。得用新人演出，首秀，不能在荧幕上出现过，哪怕

①原文中为“惊喜摄像机”（cámara sorpresa），在伊比利亚半岛用法中多称为cámara oculta“隐藏摄像机”，常出于搞怪目的而被用于真人秀。

跑过龙套也不行，因为整个社会已经被高度的怀疑精神浸染，演员只要被一个人认出就会功亏一篑。这种不断增长的怀疑要求演员越来越好，越来越可信。惊人的地方就在于，他们从来不说结束。当然，他们不用非得是职业的（根据新的《工作合同法》，加入某行会已经不是必需的要求了），但是牵涉面太广的时候，把一次行动的成败寄于一位业余爱好者手中，无疑是个困难的决定。

这两人的确非常好，他们不仅精妙地掌握了行业术语，而且有医生的动作、痉挛、姿态，乃至声音……大概是被说服来跟阿克汀合作的医生吧，那就一定是新招的，因为最初那批狂热分子艾拉医生全认识。阿克汀具备足够的声望和魅力，能够成功吸引新的追随者，投入他渲染成理性与正当的事业。但是事实上，医生也是人，也受制于无法治愈的疾病的偶然性，遇到彻底没救的情况，在艾拉医生面前暴露过的人，就没法再享受他的医术。因此阿克汀只能在最年轻的医生中间寻找活跃者，最不在意个人安危的。这就解释了为什么这两个医生都这么年轻。

当然，这个病例也有可能是真的，但是这种概率非常小，大概只有百万分之一，并且湮没在其他各种可能性之中，但总是可能的。在这些要命的间谍技术改进之前，事情则完全相反：这是一场表演的可能性太小，他根本都不会在意。那时候，什么都自动被视为真的。不过老提过去的好时候也没什么意思，因为历史环境已然作出区隔：以前一切都不同，“怕被愣”不会被记下，全城、全球[1]地传播，奇迹会被自然而然地接受，因为在奇迹与非奇迹之间并未建立一条明确的界线。

如果能相信存在着一种真正的对称，既然奇迹与非奇迹已经界线明确，也许能期待另一条补充线开始消融：那条区分“怕被愣”与“非怕被愣”的界线。

因为“怕被愣”具有自发的特点，没有自发性便会如幻觉般挥发殆尽。由此看来，阿克汀可能走得太远了，现在就他所有的企图而言，可能正在进入一种宿命般的无果。自从他决定向艾拉医生以及他的神奇疗法集中开火，他就一直在往前赶，这场战争一经启动就停不下来，而战争的一切主动权都在他这边。事实上，直接对抗的最初阶段，那些诽谤、诋毁、侮辱，他都瞬间超越了，并且不以为意。他知道自己在这方面不会取得任何结果，从本质上说，要历史重演一场失败是不可能的，还冒着重建一场成功的风险。于是（但正是他一开始的打算，唯一能让他站住脚的）他进而试图创造一个完整的场景，无中生有……除了“再

①原文为拉丁语词urbi et orbi，指罗马城和全世界，是教宗在某些庄严场合发布的文告。

现”，多年前就不断运用，没有别的武器了。处于批判焦点的艾拉医生，已经习惯了像一个穿越雷区的人那样活着。雷区不光是个戏剧化的说法，而是真的时时刻刻都在爆炸。幸运的是，那是看不见摸不着的爆炸，像空气一样覆盖周身。从一个陷阱中出来不算什么，敌人太顽固，会让他又掉进另一个陷阱：一次再现唤起另一次再现，他活在一个不真实的世界。他从来不知道追捕的人会在哪里收手，其实他们从不罢休。阿克汀，在他看来，就像漫画里那些大反派，满脑子尽想着主宰世界……唯一的区别只在于，这场冒险发生在艾拉医生的世界。

然而，出于循环的法则，一切都会变到对立面，谎言转一个大弯解为真相，戏剧化为现实……而那些真实的、自发的东西，都在通透显明的背面。

这一切转念的时候，救护车继续跑着，狗对着车轮狂吠（不停拉响的警报大概会发出超声波的频率，被狗察觉到），两个傀儡演员继续滔滔不绝。现在他们把交互的话语集中在病人身上，他的情况，他的病史。这个倒霉蛋是怎么变成现在这个样子的呢？也就一个医生通常能在人口中判定那些：不规律的饮食加纵欲，这个“致命二重奏”引发的非正常死亡比战争还要多。“致命二重奏”这个过时又庄重的词语引起了艾拉医生的注意，但他估计这个词语的错时性足以暗示出第二种解读，如果他垮掉，一定可以翻译成别的暗号；“致命二重奏”到时候就会变个意思，比如吃了太多的“嘉乐多”巧克力，和太爱看足球电视转播。

总之，他们现在说话，唯一的目的就是给之后配音做个样子，甚至可能是设计来引出他的某种回答，变成其他不相干的内容——因为唯一不参与配音的声音是他的，但话语的含义可能因为上下文发生根本的改变，这很容易做到。

有一个概念比其他更频繁地出现：植物状态。实际上，病人机体已经越过了脑死亡的门槛，只是继续活着，对外界刺激的反应不再有意识，所以也只能接收药物的作用，而无法转化为自身能量。当然，这个词语可以从录像中删除，在救护车上说起是为了引出某个评论。阿克汀大概注意到了医生与树的对话（他是怎么知道的，真可怕），从这一方面发起攻击。

他想起一个古老的哥特小说中的故事：一个有叛教之心的修士需要一个奇迹来说服自己继续留在修道院：这是不可能的，他满以为不会有奇迹出现。劝他的人答道，如果需要，上帝会行一个奇迹挽留他，问他想要什么样的。那时他们正坐在修道院花园里，一棵威严的大树下……这个修士心不在焉地说：“那就让这树枯萎吧。”于是乎，第二天早晨，树枯了（其他修士，地狱来的阿克汀们，用了一种致命的化学试/药剂）。艾拉医生，固执的游逛者[①]，也该要求，“布宜诺斯艾利斯的树全部干枯”，他每天迷失自己的线路怪异的整座森林。奇迹可能会发生哟，或者直接就发生了……毕竟已经是深秋。

他吓一跳。

“喂！”

他们在哪儿？要把他带到哪儿去？他们疯了吗？绝望是不是开始让阿克汀严肃考虑使用暴力？何塞·博尼法西奥大街向前，向前，他们跟着直走，直走……似乎布宜诺斯艾利斯的街道越过城市，穿过田野，变成遥远村庄的小街，重又伸向田野……透过车窗（他用余光看了看，一边还注意着两位医生），无尽的空间隐约可见，应该是潘帕斯草原。如果真是，肯定发生了什么事情，不是开玩笑。没有什么可以比直线更现实和正常的，然而通过直线可以走向奇迹。他在脑中构想了一个缩略图：救护车奔驰在空旷无边的沙漠里，狗跟着一个轮子跑，狂叫……他终于开口了，打断了交谈中某句一本正经的胡说八道。他们停下来，因为这正好是他们想要的：艾拉医生讲话。

---

①游逛者，原文为法语词flâneur，指行路者、游荡者、游逛者。

“答案是不。”

“什么不?”

“我不会为这个人，或者其他任何人做任何事。我从来没有过，您二位很清楚。”

“但是您有天赋，艾拉医生……您的神奇疗法……”

“哪有什么鬼疗法？不知道你们在说什么!”

“您怎么可能不知道？您这么有名，所有绝症患者都指明要您……”

“不知道，我从来没有……”

“难道是媒体造谣？我们为这找了您半个早上，本来可以用在开颅手术上的宝贵时间，全浪费了！您可别说我们是被蒙了!”

“跟我没关系，我要下车。”

他们瞬间改变了策略。监控器变成红色，发出尖锐的警报，让人血液都快凝固了（他们肯定偷偷按了某个按钮)。他们扑到担架上，喊道：

“病患全面崩溃！完全分离！没法干预了!”

尽管这么悲观，他们还像魔鬼般卖力，互相乱吼、乱骂，歇斯底里。他们给他上起搏器，他的身体变蓝，发皱，蜷曲起来。一种化学物质的刺鼻气味让车里发闷。前面黑人司机加速，像被传染了一样，通过扩音器发一些不连贯的命令。连狗也变狂了。在这种难以描述的混乱中，费雷拉回过头对他喊：

“这是最后的机会了，艾拉医生！做点什么！救人性命！”

“不不，我从来没有……”

“做点什么，我的天！他快不行了！”

他从后面抓住门把手。必要的时候，他准备跳车。他们再次改变策略。显示器突然全部关闭，一切安静下来，像被施了魔法。

“我们把您送回家，请不要找麻烦。病人已经去世了。”

“您得给我们签一份文件。”

“不。”

“是出动救护车的表。”

“跟我没关系。”

“好吧。慢走。”

车已经停了。他们给他打开门。下车的时候，死人说：

“混蛋。”

他发誓这是阿克汀的声音，尽管他只在电视上见过他。他站定，四下看看。狗不见了，救护车呜啦啦地加速开走。直到这时他才感到一股肾上腺素的巨浪在体内冲刷。坐飞机一样的相位差使得这股肾上腺素的涌动失去了用处，因为跟这些虚伪的人交战的时机已经错过。总是这样，暴风雨似的愤怒总在完事之后他一个人的时候爆发，除了自己再没有对手。总是这样串联的时间和“怕被愣”。一个像他这样的文明人不能因为没能跟人大动干戈而后悔，但是这里面又悬着另外一个问题，他真是个大男人还是偷奸耍滑的老鼠。他现在离家两个街区。他看着树，何塞·博尼法西奥大街上的法国梧桐，突然觉得它们是被设计好的机器，用来粉碎这个世界，直到解放出原子。他这么想，正是戏剧的自然结果。谁说谎言引向真相，虚构汇入真实？戏剧的致命之处正在于其确定的不可逆的解体。这是它的严肃性，远远超过虚构彩虹般的轻佻。

但至少他安然脱险了。这就是他当日清晨的冒险。艾拉医生再一次从他顽固的头号敌人的圈套中逃脱，得以继续（但还能多久呢?）实行他的神奇疗法计划。

II

那个冬天，因为交了个好运（得到了一大笔钱，足以从经营活动中脱身休十个月的假），艾拉医生无须担心物质问题，全心全意投入到作品的撰写和编辑当中。高枕无忧的状态是暂时的，因为一旦那笔钱用完，他又得去找挣钱的法子。但是，他希望一辈子总有那么一次，容许自己完全沉浸在脑力工作中，如同某种僧侣和智者，从存在的实用层面里解脱出来。现在已经五十岁的他，要是再不做点什么，就永远没有机会做了。

最近人越成熟，越会开始全面考虑他作为象征物创造者的责任。（谁不一直以这种或那种形式创造着象征物？）因为这种象征在视觉上是永恒的，会穿越时间，给未来的思想赋予形式。不仅仅是思想，还有由思想产生的一切。未来本身，未来那一大块，也不过是从现时出发的那些形式框定和塑造的东西。

当然，时光旅行压迫形式所做的改变，这使得前途变得相当不可预见。发生在一个领域内的事，可能最终是在其他领域发挥作用，任何一个，包括相隔最远、最无关的领域。所以他在健康领域的努力，可能越过数世纪，在不相干如天体物理、体育或服装这样的领域之中，创造出新的风格。这有什么重要的？真正能使世界兴旺昌盛的人，会在变化和旋涡中播种。总之，理念将他包裹于一场梦寐（这对他倒也是天生的），梦中一切相互转化，过程美好得像艺术品。

矛盾的是，由于他提供给自己的是一个机会，而且是一个不必拘泥于实用性的，纯然思考和整理思想的机会，因此随之带来了实际行动，以及做事的紧迫性。要行动，因为另一极，理论是他一直以来所做的事；有几个月就足够他把理论变成实在的东西了，其间，必然王国不会放松掌控，他身处一个可以写出一万首诗、应该严肃考虑出版的诗人的位置。

东西。能摸的东西，可以拿在手里，放进抽屉的东西。这个世界总在夸奖那些“做出事情的年轻人”，这种夸奖是有理由的，因为那些东西百分之九十九的价值和内在美，都由时间决定。梳子的作用仅仅在于梳头（对一个秃子来说甚至连这都没有），但是一把两百年前的梳子却能在古董行作为古玩出售，一把两千年前的梳子能在博物馆展览、被当作无价之宝。趁年轻要做些事情，因为那是唯一我们完成之后有机会（如果活到老年）看到被时间美化的事，之后做的只能留给后世，自己就错过了。艾拉医生放走了那个机会，心里非常痛苦。现在他五十岁，做出点事情也许能还给他些许青春的痕迹，让时间站到他这边。

当务之急是把《神奇疗法》分成活页出版，当然首先得写出来……同时又不需要都写，因为最近几年，随着想法的发展，他做了大量的笔记，数量之多，再写同一个题目直接就是不可能的，他也不想；或者说，可能，非常可能，这就是他年复一年做的事，不断“改主意”，他自己的主意。继续写作，继续思考（一回事），等于继续转变自己的主张，从一开始他得出第一个念头就这样了，再想推进也没有其他办法，因为主题总是同一个：以奇迹治病。无所谓教义，加上绝对的信念，给这个主题的心理呈现施加了一种可塑性，使其保持永恒的流动，这给他带来与其他神奇疗法的医生相比的巨大优势，然而也阻止了他把任何东西具体化。

一个他花费很大心血的相关问题：坚持不使用例子。这种文体既往的修辞建立在陈述病例上，临床病例、意外病例、罕见病例……当然，所有病例都是特殊的，哪怕最典型的，这一体系中任何文字表述都在跑题。人总以为可以通过例子对观点进行充分的解释，但是要让观点有价值，应该继续用其他例子解释，怎么穷尽呢？更麻烦的是，举例的方式在“特殊”和“一般”之间强加了等级秩序，跟他的疗法的本质完全背道而驰。

此外，还需要考虑一种更有意思，也更面向大众的展示方法，而举例法对这种方法是完全回避的。讨论一个问题的时候，后者发现一种让读者“您自己试试”的机制，让读者投身进来。他只要一个例子，一个病例，作为第一页的开始（更确切地说是第零页），之后所有的论证都回到这儿，以此颠覆一般和特殊之间的不良秩序。

这样的万能[①]例子很让他头痛。想一个例子本身并不难，简直太简单了，困难在于完全说服自己可以驾驭这个例子。为了避免这种过分的轻易，他保留下脑子里想到的第一个点子，从长远来看，他认为自己还是做对了的。说起来，启发他的不是标准意义上的案例，而是一个小寓言，一副以“神奇手套”为噱头的弹力羊毛小手套。他有过这么一双手套，冬天散步的时候用，神奇之处在于两只一模一样，可以随便戴在左手或者右手，而且是均码，适合所有的手，无论小女孩还是大卡车司机。像是对生物对称性的嘲讽，这种适应来源于织物的弹性，这就是神奇的奥妙。他进而设想的是一双独一无二的、真正意义上的“神奇手套”，红色厚皮，衬安哥拉兔皮，宽宽大大，可以赋予钻在里边的手（只有戴着手套的时候）阿劳[②]或者阿赫里奇[③]般的高超琴技……但是这手套又派不上用场，肯定的，弹琴不能戴着手套，特别是这种极地探险似的笨重手套，所以神奇有多奇，这点从来没被证实过，相应的理论也没受到影响。只有借助这样无用的魔幻，才能避免理论退化为

---

①万能，原文为法语词passe-partout，指通行的、万能的。

②克劳迪奥·阿劳（Claudio Arrau León, 1903.2.6—1991.6.9），智利钢琴家，演奏从巴洛克到20世纪的古典音乐，被认为是20世纪最伟大的钢琴家之一。

③玛尔塔·阿赫里奇（Martha Argerich,1941.6.5—　），阿根廷钢琴家，当代最伟大的钢琴家之一。

教条。

选择活页形式出于同样的理由。他舍弃了更激进的方案，最终回归这种方式。之前好几个月，他一直热衷于画片收集成册的创意——“艾拉医生的神奇疗法画片”，装在封好的信封里，然后放在报亭里卖……但是这个方案操作起来太复杂，概念上也有些不妥。最后他放弃了画册，就像放弃了其他类似或者更有风险的设想。从那些异想天开中，他又回到了“零度”：书，重新开始纠结，因为书的形式（经典的简单，没有人比他更会欣赏）会相当受限制。所有这些零零散散的想法最后在中点汇合，那就是可收集成套的活页图版，每周发行。周期会为他限定一种工作节奏，而且相比于书，还有个好处是无须在出版之前完成整部作品，这一点尤其重要，因为他还没有给这项工作考虑一个明确的结尾，更像是一部开放式的作品，在固定的框架里融入他思想、视角甚至情绪的变化。

这种先锋派编辑的幻想并非毫无用处，其间产生的很多念头最终都被收入选定的形式，而且活页显得非常有意思，这让决策又多了一个好理由。

要恢复插画传统，这源于被放弃的画片计划，同时对于活页又是理所应当的，哪有不带插画的活页？他听说过活页出词典，虽然好像有点乱来、不像真的，不过词典确实很适合配图，几乎是视觉上自带插图，本身就是一个带示例的系统性目录。

他当然会亲自画插图。他从来不考虑跟插画师合作，非常恐惧把作品任何方面的绝对控制权让渡出去。他每天练习，画得还不错，尽管总显得过于抽象，只有极偶然的时候能像个什么。他也可以像别人一样画个清晰的图表，不过只有计划制造什么的时候才这么干。最近他已经画了一整本，神奇服装的款式和效果图，有些还上了色。

这些服装（其实跟神奇疗法毫无关系，全是思维奔逸中想到的庞大装置的奇特伪装），是计划的一部分。为了说清楚怎么做的（这也需要事后[①]杜撰一个解释），他需要从文本的价值出发，任何一个文本，包括他能就神奇疗法写的文本。考虑到价值的根源，他得出结论：有必要加入一些自传成分，非常必要，这不是出于自恋，而是因为那是使他写的东西持续存在的唯一载体；他希望（希望个什么劲啊）作品能战胜时间，这也不是出于智识上的自恋，而是因为，如果他的活页超越时间获得古董的价值，这本身就是价值，无关真相或者智慧或者风格这些不确定的价值。

与其他事物不同，写作战胜时间只有靠作者，如果他

---

①此处原文为拉丁语词ex post facto，意为“事后”。

生前的运作能激起后世的好奇心，作品是唯一可资的证明。身后的兴趣由自传唤起，自传里有奇特、不易解释的小心机，被总在进行中的、永远正发生①的即兴演绎粉饰。

好，有一天，漫无目的地看着电视，他突然想到为自己做几件衣服会很有意思。其实就是做一些撑着彩色布片的金属架子，再加头冠、角、光环和铃铛，可以在家穿，为了放松、恢复精力或者随便什么原因。目的不重要，因为这出单人服饰剧的目的是提供一桩逸事……这个目的会自己成形，并且完美适用于他自传性的美学理论体系，有助于创造他的个人神话。不管有多"怕被愣"（即使是私底下、家里），从某种程度上来讲，他甚至已经准备好为作品而牺牲自己，而且这条路走下去能到一种程度，把"怕被愣"和害怕出丑的心理都中性化，融入奇装异服者被接受、被正常化的形象。

在他看来，这些服饰是一种由金属丝和布料制成、需要钻进去的建筑物，所以得考虑一个弯折系统，容他坐下、移动，甚至盘腿或者跳舞。这下设计图就变得很复杂了。而且，因为体积巨大，他跟家人同住的公寓已经没有更多的空间，他还得预先设计第二收折系统，以便收进一个可

①此处原文为英语词语happening，为"发生"的进行时分词。

叠放的整理箱，或者更理想的是一个文件夹里。

已经画好的服装图成为他头几张活页的预制[①]素材，之后的就再说吧。也不用在这方面的这个阶段太担心，首先是文本，有了文本，插图自然就有了。现在只需要确定他会画，预期总会达成，用模糊的形状来满足。

关于文本，很简单，从上千页手稿里选出来做“拼贴”[②]就可以了。可以从随便哪部分开始，不需要任何引入，因为这在集体想象中已经很能被识别了。这种素材的魅力恰恰在于它与某个著名故事的各个版本非常相近。艾拉医生心想，举个《圣经》的例子吧，参孙[③]……一个有趣的故事，以掉头发为核心、变成非利士人的国家大事。有趣的是，在所有人通过各种方式知道了参孙的力量源于头发之后，其他情节都一样：生老病死，没有人不明白，所以发展出一些短小精巧的“变奏”，听起来像新发明，但又不是凭空的（作者因此避免了因编造新故事而导致成本过高的情况）。

写作不是一口气就完成的事情，必须持续地做，尽可

---

①预制，原文为英语词组ready-made，意思为“现成的、已经做好的”。

②“拼贴”，原文为英语词语collage。

③参孙是玛挪亚的儿子，是拥有天生神力的犹太战士。他以上帝所赐的极大力气，徒手击杀雄狮，并只身与以色列的外敌非利士人争战。

能每天写作以建立节奏……至于出版的节奏，它受一些不可控因素的影响，以活页形式加以调节，还能顾及发行量和基调，也就是“传播”。这些象征性的节奏作为事物发展节奏的大框架时，就以某种方式物化了，因为生活，无论个人还是社会的，仍在继续，这个如歌的行板[①]系统不让真实生活作为边缘化的事件展开，它在节奏中不仅复原了整体的流动，也还原每个逸事的细节，包括最不同的细节。由此，他可以相信，没有什么会逃出他的控制，他不会放过任何有价值的东西。一次救护车那样让他心烦意乱的经历（这事跟意外之财一起，是他决定开始行动的诱因之一），不再单纯是阿克汀医生施加迫害的“例子”，而是在一个没有等级、不作推演的宇宙变成特殊的点。

鉴于艾拉医生方法上的这些特征，出版物必然有百科全书的性质，即便“百科全书”这个词不出现，整套开放而无穷无尽的活页也会形成一部整体的、全面的百科全书。那就是他疗法的奥秘，一个他坚持的奥秘，他事业的关键，会收获最大程度的关注。

从这个角度看，如同所有时代所有主题的百科全书编撰一样，这份工作像超人们的苦行……有太多需要做的了！

---

①如歌的行板，原文为意大利语词组andante cantabile。

人生应有千年长……在他异想天开的规划过程中，有一个被他抛弃的想法，类似虚假宣传册，非注册医师的预付费办法，会员每个月交一点点钱，需要的时候就可以享受神奇疗法。像其他项目一样（三分钟热度，之后被理性浇灭），这件事也留下了痕迹。写作收纳一切，或者说写作就是由痕迹构成的，而且不仅仅是人的痕迹。

究其本源，写作的纪律是：控制在写作本身这一件事之上，保持沉稳、周期性和时间份额。这是安抚焦虑的唯一方式，焦虑总会以某种形式突然出现，因为随着每一步而出现、充满全世界的事物有着不可计数、自我生产的特性。在持续写作的周期（总是不完全的），跟现时的整体以及永恒之间，有一种可以称为治愈性的对比。

多年以来，艾拉医生养成了在咖啡馆写作的习惯，好在弗洛雷斯这块儿咖啡馆不少。习惯的力量，加上不同的实际需求，让他到了一种不坐在哪家热情的咖啡馆桌前就写不出一行字的程度。阿克汀医生跟他展开的肉搏战，考验着他继续前往咖啡馆的意志，这是公共场所，对他和他的敌人都一样敞开大门，但如果他想继续写作就没有别的办法。偏执的阴影开始笼罩他的每一次出行。有时候他感觉自己被监视了，事实上也确实是。没有直接的攻击行为，他也不怕这个，但是间接的攻击可以有很多种，比如在皇家大道、米拉弗洛雷斯、圣何塞咖啡馆。写作过程中可以发生很多事，或者有很多发生而没被察觉的事，因为一旦灵感来袭，他就如入无人之境。他确定阿克汀会雇用任何人，任何形态的“人类”，来执行这项监视骚扰行动，所以不太可能通过外表辨别出对手……甚至不能一眼看出谁在盯着他，因为咖啡馆里有一千种伪装方式，很容易找一个战略位置转移视线或者只看倒影。他掌握了至少一种保险的办法来验证，那就是打个哈欠暗中试探他怀疑的对象：如果那人也打就肯定是了，因为哈欠会传染。当然，也可能有人纯属偶然看到他、打了哈欠，其实确认了又有什么用呢，他只是为了心里有个数，自己高兴。

在迫使他出门写作的“实际需求”中，有他妻子对这些智力活动迷信式的轻蔑，而且自从阿克汀医生借助大众传媒来发起诽谤攻势，轻蔑就转为了恐惧。她冲他发脾气，越来越频繁，抱怨别人认出她、盯着她、对她指指点点，她说自己快不好意思上街了……可别把他弄烦了，他会离家出走的，就像不少被惹毛的丈夫那样。用不着做什么，都不用升级到歇斯底里，只要他遇到一个年轻姑娘，正好看对眼……他渴望恋爱。糟糕的身体状况都不是障碍了，正好想在病中恋爱，他突然觉得，那才是唯一真正的爱情。

想到这一点，他产生了一个疑问：为什么阿克汀医生动用了那么多资源，就是没想过色诱他？他试过那么复杂的、精心设计的、有时候莫名其妙的陷阱……却从来不用那个最简单经典的。这不可能是出于道德上的考虑，他干过比这更坏的事情。这不是现实中决定性的考验吗？他怎么可能从来没注意过？对他太尊敬了吗？认为他超脱于这些诱惑之上？如果是这样，他可大错特错了！凭着艾拉医生对爱情的饥渴，这是他最有可能屈服的诱惑。他会落入这样的陷阱，相信爱情的力量，虽然明知是陷阱。这不会成就一段完美的罗曼史吗，一场殷勤的冒险，实现他在这方面所有的幻想。真的，他会认为输掉这次战斗等于赢得整场战争。可惜，出于某种难以理解的原因，阿克汀没有从这方面进攻，是害怕爱情的导弹会反射回他身上，还是要等到其他策划都失败以后？

没有爱情，艾拉医生被判终身“活页”……但他应该想点儿积极的，尤其是集中在实际的层面。随着冬至临近，他感到那个时间节点已经一去不返。他该制作活页的小样，装帧设计，挑选字体、纸张……做成活页，这已经定好了……不过得是硬皮的。这可能是合理的，也可能不那么合理；他的某些疯狂应该保留下来。他考虑过用一种厚硬皮当封面，反衬下数量可怜的内页，里头还不确定四张还是八张，不会更多。

他也没有计算成本。当然必须控制在最低，其实可能都不能叫“成本”，因为也没什么收益，怎么算呢。这个计划没有考虑活页的销售，这得成立一个商业性质的公司，注册为出版社，交增值税，处理他做梦也不会做的一千种事。他准备免费送，这总没人管吧。

理想的是两套货币，就像一些东方古国那样，一种官方的，普通市民用，另一种穷人用，他们当然是人口的绝大多数。这两种货币之间的联系（现实中并不存在），是把官方货币的最小单位，比如一个“生太伏[①]”，分成一万份作为穷人货币系统的单位，也就是“萨贝卡[②]”。一把西瓜子值一个萨贝卡。所有小买卖都用这个，穷人、农民、小孩，没人用官币，这点儿微薄的交易已经能够满足生存的基本需求。无所谓按“汇率”兑换，谁会攒一百万个萨贝卡去换官币一比索[③]？那一点点在另外一种生活水平上也没什么价值，都不够买店里最便宜的东西，或者餐馆里最简单的吃食；相反，需要的时候，远远不用那么多，一百个萨贝卡，就够一个月的吃穿用度了，人人有饭吃，大家都高兴。

---

①生太伏（centavo），西班牙语的“百分之一”，可以理解为“分”。

②萨贝卡（sapeca），澳门土语吸收马来语的“硬币”。

③比索（peso），西班牙语“重量”的意思，某些地区某个时期的基本货币单位，可以理解为“元”。

III

哪怕墨守成规绝无意外的人，或者喜欢稳定、有条不紊的人，或者早已规划好未来、拒绝冒险的人，都会面临一个巨大的意外。是的，只要时候一到就会碰上，然后他们会从不同的基础上重新开始生活。这个意外在于，发现他们其实不是这个就是那个，也就是说，演绎了一种类型，比如贪心的人、天才、信徒，随便什么。某种只在书本里读到，却从未在生活中被严肃对待的类型，或是从来没有认真想过会在生活中遇到的类型。在生命中的某个特定时刻，人们不可避免地会得到这一启示。这启示带来的震撼（大张着嘴、眼睛瞪得像盘子、惊讶得发抖），自己世界末日来临的感觉（“最怕的事情还是发生了”），正与从前的轻浮程度成正比。

这个时刻的到来没有特定的年龄（当然，一切都取决于每个人的变量，一切都是变量，生命的过程不外乎积累这些数据），但是通常在五十岁上下，也就是今天的人们认为人生已成定局的时候。在随后的心理适应上，想到这一发现已经没有任何用处、只是一种无用的残忍，惊恐的受害者便有额外感到忧伤的理由：假如他三四十年前经历这个，将会在更清醒的认识中生活，也许能登上现实的列车。

这样的事情依然发生，特别是当我们所说的主体终其一生认同于那时发现自己属于的类型。事实上，在这种情况下，意外才会显得更具有爆炸性，激起更深刻的印象。

这便是那个时候发生在艾拉医生身上的事，应该无论如何都会发生，因为时候已经到了。但是各个因素当中，引发启示的是一件小事，在他开始编辑工作之前打乱了进程。

他接到一个电话，随后出席了一个相当机密的会议，就在马德罗港那片高级办公区……而且毫不情愿地加入到一次神奇疗法的治疗中。几天之前他还可以打赌说绝不会这么做，他已经远远超脱、战胜了诱惑；制作出版画册的决定，恰恰出于已经把实用抛在身后的信心。但是看来谋事在人成事在天啊。

跟他联系的是一位大企业家的兄弟们，某石油集团的董事长，在开采加工和金融领域拥有众多公司，突然绝症缠身。他还不到六十，当然还不想死。没有人想死。人总是执着于生命，无论生活条件如何、是不是值得，对于一个如此富有的人来说，每一天的生活都有众多享受的可能，延续生命的愿望就更强烈了。兄弟们尽量用他们的方式让艾拉医生明白这一点，好像急于维护这种想法的正当性。

限于职业和教养，他们用自己的话来表述：集团[①]成功地参与了私有化进程，是当地得以扩大业务范围的杰出企业之一，在先前财富积累的基础上，公司在多元化发展中巩固了力量，预期从集约化、南共市[②]一体化、鼓励出口中进一步获利；公司的厂房设备已经采用尖端科技进行了改造……他们热切地描述着，尽管显然是背熟了的套话，同样明显的是，他们在对牛弹琴。有点尴尬，他们回到谈话的主题上，暗示说不是在自夸，这都归功于他们生病的兄弟，他才是行动的首脑，前进的引擎，家族天然的领袖。他们想强调的是，如果他们的兄弟离开世界，来不及看到他充沛的才华、商业创造力和无限精力开花结果，那不公平，很难让人接受。

艾拉医生脑子里咻咻的，好像灌满了苏打水。他也有点不好意思，居然这么认真地听完了介绍，还是回到他来这里的动机上吧。到底什么病？他想。癌症，很可惜，各种癌。大范围肿瘤入侵，肿瘤细胞的极性及迁移，增生太快。他们指了指水晶写字台上的文件夹。

“到今天为止，所有的文件和诊疗记录都在这儿了，尽

---

①集团，原文使用英语词holding。

②“南共市”是“南方共同市场”的缩写，即拉美地区举足轻重的区域性经济合作组织。

管我们猜您不用这些。这里记录了国内外最出色的肿瘤医生的失败，他们甚至已经懒得装出还有一丝希望了。”

“他们说他还有多久？”

“几个星期。按天算吧。”

他们等了很久才来找他，再晚点就真没办法了。他们在大概几个月前开始尝试非常规疗法，但所有能找到的庸医或神医都接踵离去。他莫名地对自己是最后一个感到得意。他们没有察觉，还在支支吾吾地找话开脱：他们的兄弟还没试过传统疗法，他是个非常克制的人，斯多葛派，在最坏的结果面前也没有放弃……最后他同意尝试神奇疗法，并且跟从前一样，用人不疑，艾拉医生可以完全放心。

话都说清楚了。他边看文件夹边摇头，好像在说：我不需要这个，我知道该干什么。其实他还是愿意看上一眼的，纯属好奇，哪怕什么都看不懂，因为肯定每句描述都是他无法理解的医生行话。当然，他确实不需要那个文件夹，他的干预完全是另一个层面的。这个案子应该结了，病历存档，让他出场。很明显，这是病人经历的一切。

他立刻接受了这个任务。为什么？那么多的警惕、承诺，这就答应了。这再一次应了那句俗语：绝不说绝不。他发过誓绝不这么做（也许他的说话对象并不知道这是发誓，就当随便一说了），现在又急着应承，甚至人家邀请还没发完。这一切都出于他性格中的一个缺陷，这辈子已经造成了不少的麻烦：不懂得拒绝。强烈的不安全感、对自身价值缺乏信任，使他很难开口说不。尤其如果请他发挥本领、施展天赋的人不在他的生活范围，对他的能力与过去所知甚少，这一点就更强化、更真实，断然拒绝会让他们完全蒙掉，想："这人以为自己是谁，这么难伺候？为什么要费劲找他？"他好像只能拒绝那些完全熟悉他的体系，并且已经进入体系的人，这些人又肯定不会求他治疗，或者不会真求。

还有一个相关的原因，源于虽普遍但却在艾拉医生身上特别突出的缺陷：虚荣。这个办公室，又是毕加索，又是中国地毯的陈设给他留下了深刻的印象。跟名人结交的机会不是谁都有的。的确，直到这天他才认识这个人，之前从来没听过他的名字，但这只会让效果更显著。他知道有些人物喜欢保持低调，但像他这个级别的，真的特别低才能不被人注意。一个无名的名人似乎处于另一个层次，更高的层次。

但首先，扫开各种遮蔽性的环境和心理因素的枝叶，他接受这个任务还有一个更具体的原因：这是他们第一次求他。在这个被媒体虚构支配的时代，像很多其他情况一样，他早已经名声在外。关于他的神话把他包裹起来，而神化的机制一直在推迟他施展，直到现身变得不可想象似的。得是这些土豪，正好对禁欲主义的微妙之处一无所知，才能让不可想象的事情发生。当然，艾拉医生可以站出来说弄错了，是大家的误会，他只是个理论家，甚至可以说“述而不作”，所有跟神奇疗法相关的不过是一种比喻……但同时并不是一个比喻，是真的，真实存在于它为真的特性中。尝试的机会，这是第一次，也可能是最后一次。

他们想知道什么时候可以开始治疗。事关紧要：没有时间可浪费了。在问题中，他们设法插入了一个疑团：到底会用什么办法，他们显然一点概念都没有，谁都没有。

出于盲目接受这份委托的惯性，艾拉医生说他需要一点时间准备。

“嗯……今天是……我连今天周几都不知道。”

“周五。”

“好，那就周日晚上，也就是后天，方便吗？”

“当然，随时。”停顿了一下，他们看起来有点不安，“接下来呢？”

“没有接下来了，就一次，大概一个小时吧。”

他们相互看了一眼，一致决定不再问其他问题。问什么呢？他们中的一个在纸上写下地址，大家起身，表情严肃客气。

“那就劳驾了。”

“我十点到。”

“没问题。您还有什么吩咐?”

“没有了。周日见。”

他们握手告别。跟预料的一样，报酬问题在最后的垃圾时间给提了出来：

“不用说……您的酬劳……”

艾拉医生断然回答：

“不收钱，一分不要。”

他这么不擅长运用手势、表情、声调的一个人，这次，只有这一次，他拿捏得恰到好处。

当然不是钱的问题，对在场所有人来说都不是！但也不是别的问题。报酬被放到最后只是因为不差钱。尽管第一次和这么有钱的人打交道，艾拉医生几乎有本能的把握，表现得像一个长期的习惯，像一辈子都在为这一刻做准备似的。他可能是有这样的基因吧。其实，他这么穷的人跟那些富的人打交道，就已经不是服务费的问题了，而是直接把自己的余生，还有子女的生活交到他们手上吧。不管怎么说，这是笔上亿美元的买卖。生死关头，整个家族的命运都变成一捆捆钞票塞在手提箱里，数额之大，他想要的，能要的乃至梦到的，不过是多少分之一，简直天壤之别。他努力不去想这个问题（会有时间想的，等他出了这办公室门），但还是忍不住迅速跟出书的费用对比了一下。一个完全“虚空”的计算，纯属存在于幻想中的相对性，因为还没去任何一家出版社询价。那几天正打算去来着，被这事耽误了，或者说给了他一个继续拖延的好借口。不管怎样，出书花不了几个钱，尤其是跟现在这桩生意比起来，更显得微不足道。他喜欢这么想，好像财务问题可以忽略不计。这赋予了他的出版计划充分的意义。在这样片刻的幻想之中，他意识到现在可以认真考虑之前“幻想”的东西了，比如布面精装、全彩插图。由奢入俭，从这些有钱人的口袋里出来，再看他在家附近印刷厂要下的小订单，跨度太大了，还有什么不可以：所有最奢侈的设计，折页、植物油墨、夹硫酸纸、烫印……他不是放弃了考虑这些可能性，除了想这些他几乎没干别的，但之前，就算深入到最具体的细节，也不过是一些不实际的幻想；现在现实突然介入，好像告诉他去重拾所有的梦想，每个梦每一段每个特别之处，全部重新考虑。他还不想回弗洛雷斯的家，打开关于活页的文件夹，重新阅读每一条笔记，因为他确信，每一笔都会在现实的光芒下绽放出新的契机。为了快一点，他叫了辆出租车。这一次，他难得地没有回应司机的对话，他有太多需要考虑了。那笔钱还没到手，而且事先拒绝了，如果这些家伙，迟钝的亿万富翁们，把这话当真了怎么办？很有可能呢，世上最有可能的事情了。但是现在担心为时过早。

周日，晚上十点：

“叮，丁零，当啷。”

一个穿制服的女佣给他开了门。这是一座上了年头的、宫殿般的宅子，规模很大，位于雷科莱塔区。他被让进一个侧面的小厅，里面有其中一位兄弟，还有位夫人坐在轮椅上，听介绍是他们的母亲。从门厅，艾拉医生飞快地往里扫了一眼，一个个昏暗的厅堂，陈设着奢华的家具，墙上挂满油画。这是他第一次走进这么显赫的宅邸，很乐意好好参观一番，但现在不是时候——或者现在正是时候？跟人寒暄的时候，他脑子里想着其实没有人禁止他干什么，甚至没人说不能安静地在各个厅里转转，因为谁都不知道他到底怎么治疗。从道理上说，他们可以接受任何事情，比如所有人离开，包括仆从，因为他需要跟病人独处一两个小时。他们会以为他要用某种放射线，可能很危险，得带着轮椅上的老人赶紧离开，钻进各自的奔驰车去另一位兄弟家等着。总之，能有多费劲？这期间，他就可以一人独处，像宅子的主人一样。他甚至想到把某些值钱物件揣进兜里，又赶紧打消了这个点头，太丢脸太扫兴了。

总之，这座宅子的内部环境向他提示了一个谜题的答案，谜题是现在，凭直觉感到答案的时候现编的。他对周围人居然一无所知，他们平时都在做些什么？那些他仰慕的大作家、艺术家，没有图书推介，不拍电影，不给展览揭幕的大段时间会做什么？时常看书的习惯让他认为那些响亮的名字已经死了，原因很简单，大多也是这样：作品或者名气传到他这里就得要一段时间，他决定研究的话还得更久，大多数情况下，这种时差接近甚至超过人的生命周期。所以有时候知道某位名人依然活着，仅仅是活着，没做那些让他出名的事，他也会感到轻微的恐慌，产生某种空白，让名誉的原理否定名誉本身。他从来没有想清楚这事，其实他从来没有想过，但是现在他真真切切地看见了：他们所做的是活着，尽管说实话，不只是活着，是享受生活，在这样的房子里练习“活着的艺术”，或者没有这里豪华，但总之舒适条件一应俱全，可以从容不迫地度日消遣。出于理智与想象之间的某种联系，他感到自己从此以后也可以。

他还没坐稳又站了起来，因为其余的兄弟们进来，通知他病人已经醒了，正在等他。他们没坐，所以他也没再坐下。据说注射时间提前了，好让他十点钟还醒着。不知道有没有必要，但是病人本人倾向于这么做。

“很好。”艾拉医生说，只是找点话，也没给出他们期待的解释。

眨眼之间，还没反应过来，他们已经在电梯里了，去卧室。真相大白的时刻近了。

真相就是他还没决定好要做什么。最近两天他琢磨了各种办法，并没什么把握，就像最近几十年一样，自从年轻时候领会到神奇疗法那个遥远的一天起。从那时到现在，他的想法基本保持原样，摒除了一般人对于真正原创的概念所常有的那种怀疑与热情的交替。这个想法成了他生活的核心，他的阅读和思考，以及其他各种兴趣所围绕的中轴。当然，为了保持它的中心地位，他赋予了它一种可塑性，以便经受各种考验。理想一直在他眼前，就像谚语里所说的毛驴眼前的胡萝卜，指明他不断逃向前方的方向。他的生命，他归根结底度过了的一生，都属于它，所以他心怀感激，不能仅仅因为它没在这个决定性的时刻给出一个可行方案就埋怨。他不想像那些诈骗惯犯那样忘恩负义，二十年都从慷慨的朋友那里拿钱，一次拿不到，或者是拿得不痛快，朋友就成了罪人。

另外，这个非典型的周末他想了好几次，总会有办法的。不是他对自己即兴发挥的能力多有信心，恰恰相反，他有充分的理由不自信，但他知道好不好的总能应付过去，因为什么都会过去，只要时间向前走，他一定会做出点什么。不是严格的即兴发挥，而是在他一辈子的珍贵反思中找到那个恰好合适的动作。这与其说是即兴，不如说是瞬时记忆训练。评估结果是另一码事。以后时间会做评估，总之，如果失败，这将是第一次，也会是最后一次。

卧室门。门开了，有人用手势邀请他进去。他进了……仿佛进入了另一个世界，无与伦比地清晰真实，一个纯粹、踏实行动的世界，没有思想的余地，但思想注定会胜利的地方。

第一个冲击是照明引起的，白亮刺眼，光线太足了，也许是跟屋子其他地方居丧似的昏暗对比的，总之对于一个病房来说很诡异，仅次于这里的手术室气氛。他的视线立刻落到了病床和躺着的病人身上，只用余光看了看周围，各种设备，很有科技感，解释了灯光过亮的问题。

病床上的人迅速吸引了艾拉医生的注意。他从来没见过一个离死亡这么近的人，太近，已经被剥除了所有个体属性，仅仅是一个人，而且这种剥除让他日渐远离人之所以为人。艾拉医生的第一印象是已经晚了；如果要找办法把他重新引向生命，一定得有某些个人特质作为前进的道路，而他已经所剩无几。他可能已经在迎接死亡的精神准备中完成了病人上路前的“洁身”。不过也不全是。不管他和他的癌症做了多少，总归留下了一个属性：财富。他可以切断与生命的所有联系，但他还是这座房子，以及那些土地和工厂的主人。这就够了，因为金钱有涵盖其他一切的神奇作用。毫无疑问，应该从这里入手。

想想这就足以使他回到现实中。环顾四周，房间很大人很多，除了病人的兄弟他都不认识。每个人都看他，但是没有谁打算一一介绍，所以他只是泛泛地点点头，随即将注意力转移到房间的气氛和家具上。单椅、扶手椅、桌子、书架，以及一大堆电子设备。有两个最新款电子屏，屋里最显眼的东西，但他好长时间才注意到，都安在三脚架上，床两边各一台，各一位摄影师，两个戴无线耳机的年轻人。这套设备里还有打开的聚光灯，放在重要位置的黑色防风罩大麦克风、吸音板，靠墙坐在一套调音台旁边的操作员。他好奇地想，记录下重要人物的最后日子，这是不是一个他没听说过的习惯。并不是。他立刻明白了，因为其中一个兄弟能看透他似的说道：

“如果您不介意的话，我们想录下您工作的情况。”他没有给艾拉医生回答的时间，急急忙忙地补充，“这是为了给董事会一个解释，只是以防万一。”

艾拉医生吞吞吐吐地说了些什么，正好低头看到房间里并没有乱走线，这对他来说方便不少，不然很可能会绊到。

发过话的兄弟微微示意，两个摄像师看了一眼取景框，按下设备上的红色按钮。艾拉医生好像身体哪儿卡了一根棍儿，行动变得不自然。从那一刻起，表面上发生的一切不再与心理片段重合，从表述的限制中解脱出来，有了自行运转的速度。在某种程度上，外界已经不存在了：护士，静坐如同等待听音乐会的家属，还有几个隐隐不屑地看着他的年轻人。有什么关系呢！摆脱了自然的束缚，他感到似乎一切都是被容许的。

他走到床边。病人躺着，头和背垫着枕头，脖子戴着颈部矫正器，手臂伸在天蓝色被单外，在胸前微弯。他没有戴手表，右手无名指上一个粗大的结婚戒指。

他的特征都在脸上，痛苦扭曲，略显愠怒，容易生气。头上没有一根头发。他们互相看着，但病人的瞳孔是凝滞的。艾拉医生试图读懂那双眼睛，唯一想到的是一个荒诞的形容：死亡的肌理。死就在身边，它的形状和色彩栖息在世界的每一幅画面，但同时又很隐蔽，太显明以至于看不见，如同注意力的麻醉剂。人只看到他想看到的事物，就好像消失是出现的一部分，有时候需要一个词（“死”这个词）才能突出死的体量和视角。此情此景，“死”已经说出口了，艾拉医生明白只有从这个词出发，才有一点成功的可能。行动的唯一方式是把这个男人看作已经死去、生命活动已经耗尽，不仅可以，而且应该跟所有治疗手段和精神抚慰一起视为终止，从另一端去进行尝试，没有其他办法。

他脑中灵光一现，各个阶段也连串掠过。其实没有人催他，但他被架上了时间。他在想有没有足够的空间。他把目光从之前盯着的眼睛转开（这样做的时候感觉失去了一些力量），即使如此，出于习惯，他还在计算。右边朝街的墙上，有一面巨大的落地窗，遮着暗红色的天鹅绒窗帘。他走过去，找到拉开窗帘的绳子，打开了两扇窗：外面有一个阳台。他没有出去（他害怕别人以为他要跳下去），只是向上瞥了一眼。眼前，两栋高楼之间，是一道窄而直的星空。他回到床边，任凭窗开着。夜很冷，马上就能感到凉意，但没有人反对。他再次看向病人的眼睛，充电，需要病人的全部活力来完成他要实施的计划。

那是一个老办法，自从他致力于神奇疗法以来，多年潜藏在他脑海深处。没有清楚的时间记录，他的纸片无数次地乱成一团（他的想法等于那些想法的记录），因此他并不太确定，不过有这个印象，是他关于这次委托所想到的第一个点子。最原始的神奇疗法。根据收益递减率，最初启用应该是最有效的。简单点说，这个想法基于以下理由：

一个奇迹，要让它发生，应当调动所有可能的世界，打破一条因果链，建立一条新的因果链，由此引发整体改头换面，在不同的世界，这样的操作就更是不切实际的幻想，事实世界只有一个，这是对奇迹发生的最大阻碍。确实，不存在奇迹，任何稍微有点常识的人都可以证明这一点，像艾拉医生这样连上帝也不信的人，在这方面也不存一丁点疑问。问题是，没有已经发生的奇迹，不表示不可能发生奇迹。迷信、愚昧、轻信，都认为奇迹可以在自然中凭空发生。反过来，生产奇迹，制造奇迹，如同手工艺品或者艺术品，是可能的，只需要引入人类时间的维度，这并不难，因为时间本身就参与了所有的人类活动，尤其如果某种活动意味着艰苦的努力和超出人力的困难。在日常实用的情况下，时间推动着世界的持续突变。一分钟过去，或者百分之一秒之后，世界便成了另一个样子，但不是经过编目的所有可能世界中的一个，而是真实可能的另一个，也就是说同一个，因为两者有同样的真实度。“同一个”就等于“唯一的一个”，在这充满变化的“一个”，也称为“真的那个”中，蕴含着艾拉医生关于制造奇迹的想法。

在这些情况下，奇迹彻底就是一种不可能的东西，它以一种间接的方式被创造，否定的方式，从世界中排除一切与它不相符之物。如果想要造成一只狗飞起来，那么只要将与“狗会飞行”相矛盾的所有事实逐一排除，什么事实呢？关键来了：做出正确且穷尽的选择。必须涵盖一个很广的范围：整个宇宙，没有主题或者形式上预设的界限，事实的“组成”部分就是“全部”。事实或特质，或是两者兼而有之，更远了看，都可以是一个巨大形象中的一部分，在那个巨大的形象中，奇迹就可能发生，或者不发生。没有什么程度可以观察，因为这条线可以向上、向下（或者从侧面）穿越一切。其实就是拿出所有百科全书中最权威的那本，从中做一个合适的列表。谁来做呢？通常的答案，那个自古以来的答案是：上帝。神奇疗法应该也在上帝的管辖范围。艾拉医生想法的原创性在于认为人类也可以管辖。他是有一次突然想到的，听他朋友，画家阿尔弗雷多·普里奥尔，随口说了点什么。他们是在谈画（可能是毕加索，或者是伦勃朗），阿尔弗雷多说：“没有哪幅杰作是十全十美的，总会有失手、错误、潦草的地方。”这应该是一个基于事实的结论，也是一个深刻的真理，引起了艾拉医生的重视。人类的行为不仅仅包含了不完美，还应该从不完美出发，去追求更高的效率。对神奇疗法的气馁是因为不相信奇迹。如果反过来，接受失误，那么创造一个奇迹和创作一幅艺术杰作会一样简单（也一样难），只需要一点时间。上帝可以在瞬间查看整本百科全书并做出恰当的选择；人类需要时间（比方说一个小时），还得预留出选择的错误量，并且评估这些是不是致命错误。总之，这个过程在人们的日常生活中早有先例：注意力，注意力也可以划分世界，尽管经常出错，还是能达到足够的有效程度，使保持注意力的人存活甚至兴旺。

想法就到这里，已经不少了。所有关于神奇疗法真实性的推测都在这里了，剩下就该从历史角度回顾这个问题（留着写进活页吧），也就是说，在这些发现面前，为什么有些时代或者方式充满了奇迹，另外一些则毫无作为。

目前为止还有一个问题没有解决，那就是操作方面：一旦证明可能，应该怎么创造奇迹。如果理论扎实，实践可以自动完成，起个头就行，如果没有，那是时机未到。时机一到，完全不用指责放下了实践的微妙问题，在演练场上临时起意，这些年里他有过无数的闲暇时间，经验教会他，实践不能像理论那样想，稍稍一想，性质就变了，就变成理论了，所以实践本身以各种方法保证了不被想。紧张于事无补，尤其因为他已经看到解决方法如期而至，虽然复杂，看来却是一个整体，一串，那种运动他是熟悉的。如同一个哲学上的修补[①]能手，他调动起其他领域的

①修补，原文此处使用法语词bricoleur。

想法，想法的碎片，瞬间运用到自己的需求之中。他感到飘飘然，仿佛所有问题都解决了。

出版印刷领域提供了合适的操作工具，“折页”，前面说过这种形式已经出现在他制作活页的奢望清单中。现在折页采取屏风的形式，规格不定，没有限制。“屏风形式”让他可以简便地把宇宙分区：薄，金属丝边框，极其细致有延展性的丝绸屏芯，可以随着微弱的光线切分两个紧挨在一起的元素；可折叠，需要时随意弯折；可以无限展开，适于连接相距最远和最近的点，隔开广阔或者狭窄的范围。他只要在这里那里打开屏风，分隔出不能跟这个人活下去的可能性并存的现实。换句话说，宇宙现在不过是个环境，各种直接间接的原因不带任何偏见地汇入病床，让他必死无疑——那就竖起屏风挡住这些原因，当然可行，因为这些原因并不是构成现实的全部要素，只是其中一小部分，从整体中选出来的，不能事先排开任何部分。一旦设定了“安全区域”，病人会从床上起来，病好了，心情好，继续活上三十年。在一个“开放”的世界，像现在这样，他活不了，必须把活不了的决定因素全部放到屏风的另一边。或者，也不是全部吧，因为这会再次对上帝有所要求；保守地说，是排开这次个体救治中，人能定位、隔绝、取得朴素结果的那些必要因素。

他开始展开第一面屏风，还不知道让它从哪里通过……

但是我想我还没解释清楚。我再试一次，换一种方式。这一工作仅仅在于识别组成宇宙的所有事实，那些狭义的所谓“真的”事实，以及其他一切事实：想象的、虚拟的、可能的；再加事实的组合，从简单的一对对到成千上万的排列；再加事实的片段，上自千年帝国，下至喝啤酒的第一口。事实要一个一个地研究，一旦组合在一起，便会构建出一个新的事实，独立于它的个体组成，有待分开合拢地逐一考查。他们不是通过性别、品种、类型、家族或者其他方法来组合。不能说“一只狗摇着尾巴”，而是某年某月某日某个特定时刻分钟做摇尾巴“这”个动作的“这”只狗。

这是全部事物的大百科，不只是特殊事物的集合（一般性的同样作为事实收入，跟其他的一样加以特殊化进入列表）。低于这一要求不行，因为如果要阻止一个被宇宙秩序支配的事件发生，得搜遍各个角落，找出伴随它发生的所有事实。

是的，没法编纂这样一部百科全书，这是一个典型的绝妙假想。但艾拉医生构思的独特之处在于，通过“不完美”，将其引向人类可把握的程度。编纂不是为了兴趣、虚荣、好强，而是出于一个迫切的实际需要，要迅速产出一个可见的结果，达到这个目标（或者至少可能达到）根本不需要“完美”，不是给病人以全面的健康，只是将其从濒死的关头拉回来。

尽管如此，仍然是一项艰巨的任务，这个事实清单不过是个开端，是随后操作的基础：筛选出伴随事实，把它们分离出来，创造一个临时的新宇宙，在那里发生“另一件事”，而不是本该发生的事。括号：这些排除，以及随后一个新领域也即宇宙的成形，是有先例的，那就是小说。人们总说，要写一部小说，就得列出一份特殊事物的单子，然后画条线，把一些留在“里面”，另一些留在空缺或是虚拟状态。这构成一种独特的排除。一本小说不会谈到的事情太多了，这种留白才使其有限的宇宙里可能产生行动。这么说，小说同样是奇迹的先例，因为有了它排除的东西，涉及的那些事情才得以发生。的确，这里说的不是现实，是现实的再现，但如果这部小说足够好，如果它是一件艺术品而非纯粹的消遣，它同样会具有现实的分量。这样，“一本好小说是个真正的奇迹”这一普遍观点就能得到印证。

为了解释清楚，我们把工作分了阶段（首先识别所有事实，其次选出相关事实），实践中都是同时发生的，所以艾拉医生一开始就连片开动，而他的犹豫也包括了一切。

一面屏风开始在错综复杂的混乱中画白色的“Z”字。

是的……实际上……它应当经过的地方会自己出现，不用去找。说“找”没有意义，因为涉及所有的地方，只需要“找到”；或者，要找的是路，在海量的“找到”中分辨方向。在行动中，已经开始了就是行动的奇迹中，已经在躲避宇宙的最小单位，每秒任务量巨大。同时，各种元素磁化，出于变化莫测的引力规律，出于规律自身的严格规律，也出于所有规律的缺陷或者漏洞。由此，在屏风开始行进的那一刻，最初的元素以明确的轮廓显示出来，在它们中间就可以绘出“排除”的界限：那些初始元素恰恰是旅行与奔波：来来回回，在飞机、出租车、公共汽车、船、地铁、摩天轮上，无论步行、滑冰……很快，艾拉医生就有一堆事情要干了。优雅白屏风形的区隔线已经分割出宇宙的广阔区域。宇宙所能容纳的飞行把大约一半隔在了“外面”，这是一个可以接受的预留量。艾拉医生当然并不知道哪些有益或无益于这个男人的存活，所以，为了提高成功率，他把屏风围成“Z”这种看起来最自然的形状。只要一次飞行在“病人死于癌症”的宇宙内，一切就都毁了，不过现在最好别想这个；失败论可不是好参谋，而且失败论，所有的失败论，也是应当分为共存/无法共存的世界中的一个元素：会轮到处置它的。

第一个操作就遇到麻烦。屏风弯曲的轮廓不是一维的，因为与某元素“飞行”同时也出现了其他元素，比如这些旅行联结的地点，不同的飞机，飞机餐、行程表、空乘的脸、邻座、舷窗外的云海，每个人登机的原因，以及其他成千上万。这样，屏风的“Z”字形在不同的水平和方向上倍增，像个怪物军帽红绒球；艾拉医生试图沿着它的所有线条绘制出同一个“Z”，但是总得调整纳入和隔开的比例。

这是因为，尽管这关乎人类的普遍性，理论也像对真实一样对人性作出了回应，他正在操作的还是一场个人化的治疗，他应该（大体上，猜测地）把那个男人的生活方式也考虑进来，用“生活方式”及其伴生因素操作。艾拉医生对一个百万富翁的日常一无所知（没有人知道），但他可以想象，再用常识来给想象作补充。比如，按照基本的逻辑，这位病人很少出门，从不坐公共交通，不论是在他死于癌症的此岸，还是创造中的获救的彼岸。但他还不能仅凭这点就得出结论，因为他的雇员们确实常常坐公交，他们的家人朋友也是，以及某次招待过他的餐厅服务员，服务员的岳母，和远远近近以各种枝蔓联结在这个系统中的大部分人。屏风线也在这里缠住军帽绒球，只要想想布市在某个时间点上密密麻麻的公交路线，或者公交系统发明以来每个瞬间的地图，就能想见屏风要做出隔断应该折多少次。屏风分割就像切牛油面包的钢刀，似乎是特别制作的材质。第二天要坐86路去上班的人突然发现在新的宇宙里，那路车不再经过里瓦达维亚而是圣塔菲，或者线路取消了，或者改叫165路，该有多惊讶？其实不会惊讶，没人会，因为惊讶这件事，以及每个人的惊讶情绪，跟每个上班的日常一样（且不说城市地图上街道、街区的名称），也是分隔的对象，最终得出的新宇宙，无论处于什么状态，都会足够连贯。当然，布宜诺斯艾利斯的公交不是唯一受到影响的，远远不是。

航行之后，轮到光上场了，这种元素包含了从光子到明暗（比如巴洛克时代某幅铜版画的体量表现出的效果）……一个宽泛的领域，因为光的包围无处不在，远的不说，前面提及的每一段航行都有光，每段中都有完整的一套发光素，就像每个实际发生或者可以设想的情景一样。事实上，这种“泛化”在所有操作中都在发生，包括航行或者移动，因为有哪个场合是不涉及某一形式的运动的？回过头来，一切都是航行，一切也都是光……屏风折回来，可能走一段之前的轨迹，实现一个新的作用。

光带来了另外的困难，因为光，或者更确切地说，照明，发生在特定的强度，是一系列强度的更新后状态，但这个系列的渐变又是随机的。这是光元素自身的困境，还是所有范围的共同特点？不能放弃已经完成的课题，航行的问题——航行也有连续性，是经过路线的延伸，也包括速度，旅行的愉快/不快性，过程中捕捉到的感知的累积……跟光一样，强度不是唯一在作用的连续体，还有发出的温度、空气阻力、颜色……

事情迅即发生，来不及解释。如果艾拉医生能够停下来想想，他大概会考虑“航行和光”的序列，为什么从一些事物开始，为什么继续下一个？他是在遵照哪个目录，清单从哪里来？没有来源。既没有目录，也没有顺序。在治疗的整个操作中，有一个关于真实的完美连贯性，如同在一本小说之中（又来了）。它不同于戏剧，可能出现无关其他的情节，那就可以利用一个主题清单，按照美学标准逐个挑出来，总之，如果要继续借助戏剧的隐喻，还应该想想资产阶级戏剧，在展现真实的同时有沉重的社会心理预设。

这里起作用的纯粹状态下的真实，以其同时性为特征。所以“光之后出现旗帜”不过是一种说法。世界上各个国家的旗帜，那些飘扬过，或者在历史进程中伴随过飘扬的旗帜，它们的图案和色彩，它们的丝绸或纸张或任何视网膜上的映照，都有光和移动的支撑。厚密的军帽绒球分割了整个宇宙球体，把一些旗帜留在里面，另一些留在外面。忽然发现这就像是剪头发。屏风。百万千万的理发店，美发师[①]，剪刀，有些在神奇疗法的新世界之外，有些在之内。

与同时性共同作用的是这样一个事实，在屏风做出分割的同时，其路线还略有超越（当然并没有确定的界限），略带偶然地在另一些层面和水平，另一个相接的范围中勾画界限。艾拉医生接受了这些偶然因素的贡献，因为他没有条件拒绝任何帮助。同样，他注意到同一个屏风在感官领域的重叠下，不仅仅起到隔离的作用。

他为每个“项目”跟一个词语对应这件事感到一定的忧虑。他没有忘记，宇宙不能因词语、更不能因仅仅一种语言来区别对待。他也用短语（“剪头发”就是一例），更多的时候，他试图对词语装聋作哑，将自己置身于词语之外。但是词语构成了很好的出发点，由于它们的隐含意义和关联，所谓“相近的意思”，比如“性”这个词。他用屏风画了一道狂野的“Z”，将过去和将来的性行为留出各半。因参与者的水平、兴致、方式等等而升升降降的屏风

①美发师，此处原文为法语词coiffeurs。

的各面，再次形成了大家已经熟悉的军帽绒球状。因为是一种细致的材料，所以分隔下显得尤其粗暴。病人会跳下床，去得知他从未有过某个情人，或者他喜欢小伙子，或者跟一个外国女人睡过，如果以生命为代价，一切都值得。同样的事情也会在这颗星球的其他居民身上发生，包括动物，这没什么，因为个体的记忆只能在新宇宙内部那边运行，他们什么都不会记得。许多美好的爱情故事会在以太中逐渐消散，永远未曾存在过。

屏风两端不断超出感官的限阈，立即创造出新的领域，几乎是出于它展开之前的惯性，割出恣意的“Z”字。天文学。鹦鹉和鸫鸟学说话的能力。内燃发动机。亚述人。咖啡。云。屏风，屏风，屏风。增殖到处发生，必须全神贯注，以免漏下任何一个部分错过相应的分割。好在艾拉医生无暇顾及正承受的压力。关键在于注意力，估计从来没有任何一个人像他这时候这样聚精会神。要是事态没那么严重，要是可以采取更轻松的视角，几乎可以说一切治疗都是独一无二的塑造专注的力量，是为了穷尽头脑的高级特性所能有的最大力量，不用非得是天才，普通人就能做到（只要能成为普通人，艾拉医生就很满意了），因为疗法创造出所需要的所有注意力，不像那些电子游戏总是试图欺骗、回避或超过注意力；要打这个比方的话，不如说疗法的操作者正是其自身的电子游戏，其自身的屏幕和圈套，非但不挑战注意力，反而滋养着它。总的来说，这一努力是超人力的，就看艾拉医生能否坚持到最后。

消耗不仅是精神上的，还是身体上的，因为屏风虽然出于想象，将其展开和放置在遍布宇宙的广阔天地的工作却非常真实。他用双手的食指和拇指拿住屏风顶部，伸展手臂打开它们，并且因为够不着，得不断移动，向侧面跳开……之后他还得调整线条，加大或者减小那些角度；总体上避免了因大力拉伸而形成的直线，因为直线过于决绝了，而这些分割应当更细腻：在不拉直的屏风的凹面和凸面，可以包含或者排除一件事、一种特性，可能微不足道，但却至关重要；都是可能的。

也有向上、向下分隔空间的屏风……为了跟上它的轨迹，他踮起脚尖，或者跳上一张椅子；要么躺倒，塞一扇到床底下、地毯边缘下面，好像想要在地上钻个洞出来。他后退、前进，在上面展屏风的时候，用脚尖调整下面一扇的角度和方向。他眼中只有屏风，以及屏风分开的斑斓的元素丛林，他在房间里的移动往往撞上家具和墙壁……磕磕碰碰时有发生，滚到地上的次数比站着的多。跟随内心所得的冲击，他任由自己躺在地上多久，或是夸张地滚翻，利用这些不自觉的折腾使屏风展开到不这样就无法抵达的位置。一切都是有用的。

他移动不停，大汗淋漓，汗水不断从发丝间冒出来，浸湿的衣服紧贴着皮肤。来来去去，上上下下，他调动起浑身每个细胞，像拉着皮筋一样伸展收缩手臂和双腿，昆虫一样灵活地跳跃。他面色如常，没有什么表情，以暴风雨中的海浪晃动身体，没有一刻停息；嘴唇像要说出各种转瞬即逝的词语，又滞涩在急喘之中，微张的时候露出像突犯癫痫的绞缠的舌头。如果在静止的分秒中跟随他眉毛的飞舞，可以读出上百万种叠加的惊奇。他的目光注视着眼前的事物。

从表面看，如果不知道在干什么，这场治疗好像一段舞蹈，没有音乐也没有节奏，某种健美操，可以说是致力于让一个尚不存在的人类标本成形。必须承认这相当疯狂。他就像个向看不见的敌人挥剑的堂吉诃德，唯一的不同在于他的剑是一面面抽象的屏风，对手是整个宇宙。

啪！他被一张椅子绊倒，脑袋磕到了地上，双腿发颤；头顶在地毯上留下一个潮湿的圆印，但他在地上继续工作，右手划过一个宽大的半圆，放好一面分隔穆斯林欢乐与痛苦的屏风；左手将另一面排除了太多苹果的屏风拉近一些……他又站起来了，举着一个形似白色手风琴的垂直屏风，穿越现实中“早”与“晚”的不同水平……那个恢复平衡的像鞋一样的东西，是安置了两面屏风，用来排除特定人力车和某些对话的。他用胸、屁股、膝盖、肩膀和头调整着屏风的位置、开合、倾斜度，简直是一段真正的圣维托舞，想想看，这个诡异的木偶正在创造一个全新的宇宙！

他继续着。可以预料，他拥有的这个再现的空间会被填满，继续摆放屏风会非常不方便。然而事实并非如此，因为这不是个再现的空间，而是现实本身。微观进行着自我扩张，就像一个单人的宇宙大爆炸，空间在过程中被制造出来，没期待它填满，于是每个军帽绒球里形成了一整个宇宙。

出于对现实的尊重，他之前把阳台门打开了。通过这扇门，条条屏风通往苍穹。他甚至并不能看出其中一些隔开了什么，但是他相信无论如何，每一扇都会在这一侧留下每个分支的特性。正如同困难的工作中常遇到的那样，到一个点之后，唯一在乎的事情就是结束。对于结果，他几乎已经没有兴趣了，因为吸引其他所有人的结果就是完成这份已经开始的工作。他真应该摸摸作品，来看看“所有”的问题有多严苛，面临多大的压力……只有亲身经历才能验证，所有先前的计算或者幻想都是无效的。尽管没有时间，他还是热切希望重新回到人的模式中，那样更为放松，因为容许各种破格。但其实他正在做的事情本质上已经很“人”了，基于神奇疗法中自动重新吸收的机制，结束的愿望即引向结局，疲惫趋近平息，压力带来放松。

确实，每个屏风最后碰口的条儿，在开始焊接到附近已完成的屏风上，这一过程意味着完成了对排除区域的包围。焊接自动完成，一个接一个，上万亿，一连串，让秒钟、最后几秒钟的心爆裂，在深深的黑夜中制造出油亮的白色火光。他做了某种噩梦，哗啦……疲倦造成了这种高烧说胡话的印象，艾拉医生用尽最后一点力量，开始恶心、憋闷、耳鸣，满眼红色的小点。

重要的是这一包围已经完成，新的宇宙形成了，其复杂精妙程度不可穷尽，正如旧宇宙至今为止一样，但又完全不同，宜于这个男人的癌症永远不曾有过……治疗工作完成了，他因困顿而半闭双眼，手臂垂落无力，双腿支撑不住；他再次看看房间，像在他的眩晕中跳华尔兹，房间里有病床、机位、摄影师[①]、护士、亲属……下一次，他在一种显得很蠢的疲倦中暗想，下次应该制作一台铺设屏风的机器，全自动的，花费时间也值得，让这次乱舞留在神奇疗法纯手动的、不完美的史前吧。但是在考虑这个不

①摄影师，此处原文使用英语词cameramen。

太可能的第二次之前，还得看看结果。

一场充满未知的等待。不带喘息的紧张动作容许他突然陷入消极，这时看到焊点，他认识到，每一次关闭改变了可能性，并继续改变下一次关闭。当然，关闭不局限于发生，而是不断积累，直到切实形成最终的闭合。这是一种“用词语做事”的极端情况。可能性的转换是令人眩晕的，艾拉医生无法知道他会站在哪里，这是归根结底最重要的事。

他很快就明白了。其实，在瞬间所栖的过度确定中，苏醒也在制造笑容……在另一种水平上参与噩梦。周围一片笑声，重新整理着卧室的空间，赋予其实质，从这里开始延伸到房子、街区，布宜诺斯艾利斯和整个世界。只有他迟缓地适应和理解着发生的事情。他了解了自己，向这些迟滞屈服。这时他唯一知道的事情是，从现在开始，现实中发生的事情都取决于某些屏风放置的角度，不管放得多远，比如那扇把现实的新宇宙跟毛利人史前时代的一堆火，火中飞出的火星隔开……在一片笑声之中，他的眼睛向一个新世界打开，真正意义上的新。

在这个新世界中，在场的人放声大笑，摄影师关闭镜头，从脸前移开，原来是博尼法西奥大街救护车上那两位假医生；而那位病人，乐得快憋死了，从床上坐起来，用一根手指指着他，笑得说不出话……阿克汀！可恶……一切都是他导演的！或者说他相信这是一场布景。总之，他并不是快死了，没有得癌症，没有得过，也不是一个富有的商人……眼看的真实发生了彻底的变化。笑说明了一切，这种高兴没有别的理由了。在多年失败的尝试之后，阿克汀终于成功地让艾拉医生完成了他职业生涯中最大的“怕被愣”，决定性的一个……确实是啊：“怕被愣”作为可能性的改变，也就是说，一个可见的记号，唯一一个可以印刻在记忆之中的记号，记录宇宙从一个变成另一个，因此也记录了神奇疗法的秘密功效。

普林格莱斯，1996年9月6日

第二篇

El tilo
椴树

椴树

椴树是一种瘦小优雅的树木，躯干纤细，看起来总显得幼弱。但在普林格莱斯广场上万棵普通椴树中间，有一棵出于大自然的随性长得特别壮硕威严，树干扭曲，树冠葱茏，其他二十棵合在一起也比不上。我叫它“怪物椴树”。我看着它，带着某种畏惧，或者至少是敬意，但也有亲近，因为它毕竟跟所有的树一样人畜无害。从来没人在别的地方看到过这么大的椴树，普林格莱斯的居民一度把它视为标志我们与众不同的纪念碑，反常又壮观，有一种独一无二、不可复制的奇特庄重。

我父亲，失眠症的长期受害者，初夏的时候经常去广场捡椴树花，带个小袋儿，装成一包晒干，晚饭之后泡茶喝。所有人都相信椴树有镇静舒缓的作用，不知道究竟是不是因为花。椴树花开在细枝上，略偏黄，勉强跟叶子的绿区分开来。我记得这些小花很快就枯萎结果，果子是哥特式的胶囊形状，或者反过来，先是胶囊花苞，之后张开……记忆可能会骗人……要解决这个问题也简单，椴树总是那些椴树，我现在住的地方，弗洛雷斯区，也有很多可以观察，可惜我这人实在没什么科学精神。无所谓了。父亲究竟喝的是什么，椴树花、叶子还是小蒴果，很有可能是照他自己想的来，就像他做所有的事。他可能真找到了充分发挥椴树镇定作用的方子，这么说来，我挺遗憾自己的漫不经心和健忘，因为他的配方、制法，不管是什么样的，都跟他一起消散了。

还有一种可能，在怪物椴树这个普林格莱斯广场独有的植株身上，开花结果的自然过程也变异了。只有它的花父亲才用，认为效果最好，他说，世上任何其他东西，哪怕自杀的人喝的安眠药，也没有他的椴树茶对他起效。如果这种特性是怪物椴树遗传变异引起的，那我努力回想也没用了，方子无论如何都配不齐了。

不过，写下这些我才意识到，这么多年以来，我对父亲喝的那点茶水竟然深信不疑。这种相信没有任何支撑，可能只是基于他的期望（我也继承了），对他的身体是个安慰剂，甚至什么作用都没有。精神药物，不管天然还是合成的，疗效一直处于激烈争论中。

我没有机会证实怪物椴树独特的镇静效果，它早就不在了，被砍倒了，在一次政治仇恨的非理性行动中，那也是普林格莱斯“庇隆[①]儿童”传说的最后一幕：有天夜里，他躲到椴树上，追来的狂热分子对着树干一通砍……那个孩子跟我差不多大，同一代人，在他身上，我完全能看到自己；出于家庭原因，他成了一个符号。“庇隆儿童”，谁想出来的？孩子是没有政治倾向的，什么左派右派。他对自己代表的意义应该并不了解，但这个符号像不祥的病毒感染了他。又或者，一个人的童年也可以什么都是，反映，类比；这个被庇隆本人鼓吹的理念强调进化，必然会演化出一批“庇隆儿童”。庇隆主义有自己的生物学。

最矛盾的是，那伙人自己就是庇隆抵抗运动派，以床垫商香西奥为首。一连串纠缠的误会让他们曲解了那个孩子所传达的象征符号（积极的和消极的）。这也显示出政治斗争，尽管往往被后世说成非黑即白，实在远比黑白要复杂。

那个恐怖的午夜，刀劈斧砍的声音不断，让人不寒而栗。我刚说自己和他是同代人，以下最能证明：我小时候

---

① “庇隆主义”，20世纪40年代阿根廷前总统胡安·多明戈·庇隆(Juan Domingo Peron，1895—1974)提出了“政治主权、经济独立、社会正义”的口号，被称为庇隆主义。

唯一有的一本书，或者说我唯一记得的，是关于“桑博”的故事，做得特别漂亮，不像其他书那样裁得方方正正，而是一棵树的形状（现在要是还有这本书，出多少我都愿意！）。那个“庇隆儿童”应该也有这书，或者至少看过，当时真的很流行，不知道为什么。我记得故事里说，桑博是一个黑人小男孩，为了躲老虎爬上一棵树，老虎绕着树打转，最后化成了一摊奶油。“庇隆儿童”把寓言变成了现实，象征地看，仍然是一个动物寓言，不是有人叫反庇隆派大猩猩[①]吗？大猩猩不是住在树上？

砍斫声，午夜广场上空的穹顶，它昏聩的黄道上进行着一场星际旅行，朝着世间所有无名的恐怖，朝着所有可能成为艺术的人形。在别的世界，反转的世界，庇隆主义者和反庇隆主义者交换着立场。

那种黑暗中斧头当当的声音，在以后的年月里，每当我把耳朵靠在枕头上时都还能听到。不是现实中听到，是在母亲给我讲的那些故事里。现在我知道那不过是脉搏的声音，但还是可能象征着一种威胁……我不得不换个姿势，脸朝上，很不舒服，睡不着。痛苦的习惯性失眠出现了，简直活不下去。

① “gorila”本义为“大猩猩”，是1955年起反庇隆主义者的自称。

虽然顶着传说的名声，有修饰，有歪曲，那件事的确在现实中发生过，很难让人相信，像编出来的，但确实发生了，我就在场，不在那个树冠上，在那些日子里，那个小镇，那个如今遥远的世界。我整个人生都染上了那种寓言的不真实色彩，再没能立足现实。

书、艺术、旅行、爱、宇宙间隐秘的奇观，都是从那个传说——那棵树的黑暗海洋里发生的一切——枝蔓出的缤纷衍生。在这些衍生中，我赞美现实生活的缺失……甚至当作一种特权。但那棵治愈系大树的消失，在象征体系中还是产生了影响。我继承了一种折磨人的紧张体质；灵魂深处回响着一种颤动，一经抵达肌肤（总能到达，因为它一直就在那儿，每分每秒），就造成一种比思想更大的不安……这种焦虑让我无法继续生活……我并不应该地想到了死亡，也不可避免地求助于酒精和药物，尤其是酒，像绝望的潮水在我身上撞碎……凌晨从床上爬起来，无法再忍受哪怕一刻那种不安，在昏暗的房子里徘徊，直到像每晚一样再次证实无处可去。死亡并不是解决办法，我的尸体依然会起来……怎么办？这是不自主的，我被控制了……

那棵椵树的精华里肯定有什么，才会让父亲求助于它，每个夜晚，那么多年。显然，他需要它，没有比他更焦虑的人了。母亲总背后叫他"剥开的电线"，或是"莱切尔维达[①]"，一本幽默杂志上的人物。他除了焦虑还极其易怒，总是处在爆发的边缘，像个火药桶；一句话，一个动作，他就像个疯子样叫开了，有时候甚至都不用这些，魔法，或者日本的一只蝴蝶扇扇翅膀，就能导致他在普林格莱斯发作。他整个人总是紧绷着，过分敏感，眼睛发烧，双唇发颤，脖子上青筋像要暴出来，头发直竖，四肢抖动，身体左右摇晃，像是里面住着一只窥伺敌人的动物。敌人是想象中的，或者应该说，敌人是这个世界，又或者，用一句俗话，他最大的敌人就是自己。

不知道违背还是暗合我的意愿，之前插了一组隐喻，源于实用物理学的一个分支：电。这比喻特别恰当，不只因为我的联想力或者文学天赋（挺不足的），而是我父亲刚好是电工。有时候就这么巧：一个像全身带电的人是个电工。尤其在小地方，所有人都互相认识，这种"真实的玩笑"会成为谈资，变成一种代代相传的"你懂的"。某一刻我很自豪于父亲有名气，那是我唯一一次把他的暴躁当优点，尽管惊恐成了我们的日常；之后，我后悔了，甚至开始厌恶这种小镇明星效应，我发现了它恶劣的本质，给对

①莱切尔维达是"Lechervida"的音译，是阿根廷一本名为《机灵鬼》（*Rico Tipo*）的幽默杂志于20世纪50年代连载的一部连环画的主人公，以暴躁易怒著称。

象编派出别的名声，更多的名声，永远没完，目的只是显出议论者的无聊和恶意。这是一种相当普遍的情况，不只限于小城镇：名声引出新的名声，就像头一个名声需要喂点新素材，捏造也是常有的事。

不过除了“自带电压”与电工的巧合之外，我父亲本来就小有名气。这都是历史了，我得用几个时间节点才说得清楚。我生于1949年，庇隆政权的巅峰。我出生的时候，父母已经有相当的岁数了。换句话说，我是计划生育的结果，计划表现在是独生子，和这个街区很多小伙伴一样：我们刚好是那一代人。这种理性其实有一个限制，那就是所有夫妻都想要男孩，如果头胎是女孩，只能让步再试一次。不过我这话是个假设，因为并没有发生过：所有人都一举得了男孩，就此打住。庇隆主义仿佛总能兑现人们的愿望，甚至会影响精神气质，据说战时也是这样。

说“所有人都得了男孩”肯定有点夸张，我周围是这样，但我的经历很有限。时间长了，我发现也有女孩，只不过在我童年最初的探索、迫切寻求同伴认可、人生的游戏和漂泊中被忽略了。之后，一个有趣的现象开始引人注目：没有一个家庭是独生女或者儿女双全的，总是三个，接连出生的三姐妹，因为长女出生之后，这对夫妻会再试一次，有了第二个女孩，再试一次……等第三个生下来，只能放弃，不然疯掉了……这就构成了普林格莱斯中下层街区奇特的人口结构：大多数家庭，独生子，偶尔有几家，三朵金花，没有混合的情况。大自然的某种防卫机制发挥了作用，为保护人类这一物种而干预了历史进程。

父亲是坚定的庇隆主义者，我估计从一开始，他上台前就是。同无数贫苦的阿根廷人一样，他对庇隆佩服得五体投地，不仅仅是劳动法、社会福利和全社会普遍向上的乐观主义，更多是在个人层面，他的忠诚得到了回馈：一份收入可观的市属工作。庇隆当政的十年间，父亲负责街道和公共建筑的照明，包括相应的基础设施。不难想到，这是一个责任重大的职位，更让人惊异的是，虽然普林格莱斯是个不大的镇子（现在也还是），所有这些活儿都靠他一个人完成，除了供电——供电由发电厂管，也叫（不知道为什么）电力合作社。现在回想当时的情况，除了给市政厅、邮局、图书馆更换灯泡或者荧光灯管，修复短路故障，父亲的主要任务是保障街道的正常照明。这一片方圆十五个街区，每个交岔路口中央挂一盏街灯，再加上通向车站的林荫道和前往墓地的路。当然，还有广场，对一个单干、没有帮手的人来说很不少了。1955年父亲退休的时候我还小，记不得他怎么安排工作，但我敢打赌他总是井井有条，时间还有富余。从前的生活要简单得多，电力设备也简单，手工操作就行，原因结果一目了然。

我对父亲最为遥远的记忆，就是他骑着自行车，扛一把长梯，沿街查看直到辖区的角角落落。梯子最吸引眼球，要不是亲眼见过，这幕场景不会让我印象这么深刻；一把木梯，至少四米长（我没想要夸张），骑车带这么个大家伙，还要保持平衡，是需要点技巧的，至少得养成熟练的习惯。有时候摔倒了，或者发生了什么意外，他回家也从来不提。

所有这些，我是在很久之后才知道的，要到庇隆主义倒台、我家和无数相似的家庭随着它的终结而再次没落。我几乎是猜到的，基于童年最初那些不知道是记忆还是想象的片段，因为家里再也不谈过去了。“解放革命”[①]降下一道穿不透的幕布，用试图成为中产阶级的迷梦爬藤织成，梦一醒过来，就变得像性幻想一样让人羞愧。而且，谈论这段时期也不合时宜了，已经有明文规定禁止出现“庇隆”这个词，亲友之间都格外小心。我父母从来没说过这个，没人说过，我都纳闷怎么学来的。很显然，是在人生头六年听到过很多次，之后的取消（我也没说出过，哪怕只是头脑里默念）把它放在了一个特殊的位置。这种取消之彻

①指1955年推翻庇隆政府的阿根廷军事政变，政变者称这次事件为“解放革命”。

底，以至于我特别清楚地记得第一次听到的情形：多年以后，小学都快毕业了，一个女同学说“庇隆……”似乎一道深渊在眼前裂开，整个人生都在其中来回穿梭，很难解释，虽然应该有个什么解释。当然，没有这个词人也可以继续说话，废除它并不阻碍日常交流，因为它不是一个不得不提的东西；它是一个专有名词，只属于世上一个事物。

这一禁令在这个国家的每个家庭都在实行，但我家还另有一个先例，让它变得更理所当然，或者说更加致命。那是在“解放革命”之前——所以混沌在我童年的记忆里了，很久之后明白过来简直像第一次听说，完全没有任何能佐证的印象——父亲年轻时信天主，坚持教规到几乎狂热，是教会的弟兄，每天领圣体，虔诚的信徒，圣母玛利亚的追随者……然而，自从1954年庇隆与教士们决裂，他这辈子就再也没有踏进过教堂。这或许很奇怪，但在基督教与庇隆主义的信仰冲突中，后者获胜了。如果普林格莱斯也像布宜诺斯艾利斯那样火烧教堂，他一定会带着火把去的。十个人有九个指责他从前虚伪，但我能理解，就像别的许多怪事也能被解释。要知道，不同于其他美洲国家，在阿根廷，天主教从来就没有广泛的群众基础，它一直是正派人士，甚至说社会地位最高的那部分人的优越感；持不可知论的中等阶级也参加宗教仪式，迎合权贵，赶时髦，或者为了区别于那些阴影中的大众。所以我父亲的信仰完全错位，只可能是真信。在不得不作出选择时，他选择了庇隆主义，他至少选了，而不是折中或者张望，这也证明了真诚。

再说明一下我怎么知道的，或许能显得更清楚。刚才说过，那是多年以后，我应该已经十几岁了，有一天，偶然听到两个街坊女邻居在停着的卡车上聊天。这情景不奇怪，我们是一个卡车司机聚居的街区，总有车子停在自家门口的街道上，下午，女人们就坐在驾驶室里缝缝补补拉家常；一个寻常的习惯，开夜车的丈夫或儿子要补觉，她们就退守那个又高又热、镶了玻璃的观察站。那天我正爬在车厢上，我经常这么玩儿，就在那儿听到了她们的对话，像听雨一样，尽力不发出声音，以免在我孤单的游戏中（都是些旅行或者打仗的幻想）暴露自己。我竖着耳朵，谨防她们发现车里有闯入者，结果父亲的名字突然响起，我立刻全神贯注。“太黑了，简直不是人！”一个说，“有一次我在无玷圣母小礼拜堂看到他……他每个礼拜堂都进，成天泡在教堂里……我在尽头，从背后看着他跪在一位圣徒跟前，祷告祷告，低着头，点一根蜡烛，又接着祷告，拍拍胸脯，走到另外一位圣徒前面重来一遍，吻脚；一个又一个圣母，吻她们披巾的花边，跪下，头磕地……我当时还想：这谁呀，哪儿来了这么一位，直到他转过来，我看见他的脸……就是他！不要脸！”听的人点评道：“那些人最坏了。”头一个又想起一处细节：“还有，他每次穿过走廊都画十字，不是那种简单的十字，是完整的，在额头上画个小十字……”“是，我知道那种，”另一个反感地说，不是因为十字的形状，是我父亲虔诚又讲究细节，“装样子……”

我想象着在那个空荡阴暗的小礼拜堂，他以为自己一个人、没有别人看见，沉浸在信仰的滔滔思绪中。我的意思是，我能看见他，像一个剪影，一个木偶，被绳子牵着跳敬神的舞；但我永远无法想象当时他脑子里在想些什么，向圣徒和圣母祈求什么，什么事那么重要……我现在应该明白过来了。相比于卡车里那些女人贬损的议论，我更感兴趣的是其中一个描述唤起的场景。我已经习惯了人的恶意，那不过是一种生存方式，我妈也不是盏省油的灯。我想可以用政治话语来翻译她们的八卦。“那些人最坏了”说的是庇隆派。她们不忿的是一个微不足道又生活安定的电工竟然表现得这么神秘主义，似乎后来庇隆主义者烧毁教堂没有多坏，之前庇隆主义者虔诚信教才是绝对不可原谅的……我对这个解释很满意，不再纠结。不过，脑子里还有些东西散着，漂着，对不上号：这些在家修行、祭坛前的动作、蜡烛、圣母九日祭，都带有某种不可避免的女性气质，而我父亲是个很“男人”的人，这一点没得说。一片矛盾的阴影，要以一种超越性的话语才能解释，但我当时说不出来……一定是藏在我脑海中的某个角落了，准备在未来揭示。

“那些人最坏了……”短短一句话道出了一切，好像我在那个下午听到就能全明白过来。人生和头脑的成熟过程仍在继续，说不出在哪个确切的时刻吸收了具体的什么（但这种不能，更多的是因为知识属性，而不是细致地重现历史有多困难）。我们什么时候学会的二加二等于四？即便能想起别人第一次告诉我们的情景，或者第一次用手指数的样子，确切的日期也难以确定，因为从很久以前起，从生命伊始，我们就在关注着两个东西、另两个东西，或者一个东西、另一个东西，或者两个和一个，三个和一个，一个一个又一个，或者任何一种其他的组合，结果不同，原理是一样的。“二加二得四”的定理在人的观念中形成，不过是把构成定理的原子结构扭合成一个方便记忆的结。

“那些人最坏了……”指的是乱搞。两个在卡车里做针线活的女人说出来，不会再有别的意思。之后我懂了。其实我一直都懂，那时候听到也不算开窍。尽管从来没听到过“通奸”或者“重婚”这样的词，怎么回事我明白；词语只是装饰，是记住事物的方式，供组合、操纵，使我们以为有力量，但事物早就存在了，不好应对。

总之，这个故事，或者传闻（因为从来没被证实过）说父亲在镇上另外一头还有女人；不光是一个女人：另一个家，孩子，房子……这个话题让我不怎么高兴，但是应该承认一个让人满意的情况，在小地方，每个故事都能讲出一大堆的原因，“肯定是真的”，这让它们跟大城市里突发的、难以解释的故事很不相同。不过这次，从这一堆话头里，我只能知道个大概。

我先说说父亲的两个特点，大家看来，它们一个好一个不好。不好的是：皮肤头发都是深色，也就是当时所谓的“黑人”，他很可能有一部分印第安人血统，尽管阿根廷的印第安人听起来如此遥远、好像灭绝了，这种肤色通常与贫穷、被奴役、受忽视以及棚户区联系在一起。父亲从来没说过关于他出身的事，我都不知道爷爷奶奶叔叔伯伯的名字，或者到底有没有这些亲戚。反正，故事可有可无，样貌已经说出了一切。好的方面是，父亲长得特别帅，身材巨好。可惜他英俊的外表明显被社会印记所覆盖了。黑人也有美丑，但这就像说高一点或者矮一点的矮子，总归是矮子。

这种双重性就可以用来解释他的婚姻了。我母亲是白人，来自体面的中产阶级。她下嫁一个“黑人”，是因为明显的身体缺陷让她在婚姻市场上找不到同等水平的亲事。她也可以选择独身，但连我都记得她处处流露对于“老处女”的恐惧。她发起了一场针对老处女们的持久仗，一场个人的冷战，好像在她们身上看到了反人类罪，这也是最终促成黑白配的原因。

父亲处于一个尴尬的位置：一个社会地位上行的合法家庭，独生子受学校教育、衣着规矩，妻子是欧洲移民的后代……但他自己是黑人。黑这事改变不了，还让他的谜之英俊更加凸显。必须说明，在我看来，这种英俊，基于黑的集体命运，跟我们打交道的夫人们是无法欣赏的，但同时又无法不去注意，简直尴尬。在另一个只有黑人的世界里，应该能注意到区别，也会有各自的效果，可谁知道“他们相互之间”怎么评价呢。所以大家推测父亲有个排气阀也是难免的，以一个女人的形式存在，属于他自己的世界，能生不定数量的孩子（老天派来多少是多少），有他们的方式和谐相处（在另一个家里，他不再受精神折磨，成为平和的象征）。

之前说过，我不知道这属于逻辑建构领域还是现实。其实现实也是一种逻辑建构，是其他逻辑建构的范例，所以也没什么区别了。母亲应该受了不少折磨。随着时间的流逝，她越发把自己关在痛苦里，直到进入一个不同的世界，有独立运行的规则。但她自己并不知道，她喜欢跟人交往，好奇心强，继续跟邻里谈笑风生。最让人称奇的是，她没有什么神经问题，事实上，她没有任何问题；她好像没有秘密，想到什么就说什么，不管听的人会不会受伤或窘迫。父亲总提醒我："你母亲什么都说。"确实，尽管当时我什么都不懂，不以为然。

很明显，父亲有一种体制下的结构性思维：教会的教徒，政权的庇隆派。体制之外，什么都不是。我从来没见过他在家祈祷，哪怕看一眼圣像卡片。自从不再去教堂，他就不再是教徒了，可能都不再有信仰。自从庇隆主义垮台，他也就永远地忘记了政治这回事。

他的公家电工生涯留下了一种寓言，只一个。不是对经济上富裕的怀念，而是某种更诗意的东西：作为曾经负责点亮镇上街灯的人，一种奇特的荣誉，微微有点魔幻的感觉。这我一直都知道，虽然他并没有告诉过我。我总跟小伙伴说，我爸爸"以前"是点亮镇上路灯的人，所有的灯，包括那些最远的，那些我们从来都看不到的……"以前"，不用具体说明什么时候。说不定另一个时代还更好些：多神秘。每当夜幕降临时，我们看着街角的路灯自动亮起，就像一位仁慈的神远远说道，"是时候了"，但这"时候"总变，因为南方的季节差别很大。路灯的开关应该是在市政厅，或者发电站；我总想象自己通过远程控制，借着光明的光，抵达镇上每个地方。

那时候，在普林格莱斯，电还不是一个想当然的东西，至少不像现在这么普及。人以田原为生，而生活在田原，除了特殊情况，是没有电的。镇上的居民多多少少都来自农村，在这个奇迹显灵的任何地方都懂得欣赏。不需要走太远就能感觉到差异：电网只覆盖了最严格意义上的城区，稍微周边一点的土路就不管了。我们住那条街是有电这边的边缘，家背后就没有这种文明的特权了：眼见文明随手可及啊。通电之前我们都用煤油灯，灯中女王是著名的“油之最[①]”和“黑夜太阳”牌，并且，相较于电灯，很多人都更喜欢煤油灯，可以拿到院里、棚屋、隔间，没有铺电线的任何地方。那时候电器也少，所谓“家电”其实很罕见，连冰箱都是从来没见过的奢侈品：我们家就没有，从来没有过，据我所知，这个街区也没人有。电带来的唯一好处就是光，所以我们也把电叫成“光”。

1955年之后，父亲还是做电工，不过进了私人公司。他应该有自己的客户，还骑着自行车到处服务，但再也不用带梯子了。大概发生了一些不寻常的转变，最后工资都

①油之最（Petromax），德国著名煤油灯品牌，由柏林商人马克思·格雷茨（Max Graetz）于1910年创立，是20世纪最著名的煤油灯品牌之一。

没有了。我是没感觉，刚六岁，正沉浸在小学第一年的生活中，好像也不觉得缺了什么。总之，他们应该庆幸只生一个孩子之明智。

对孩子来说，父亲是一个榜样，一面镜子，一种希望。更进一步说，是为人的典范，成熟完善的人的样子，某种亚当，用孩子正在观摩的世界的各种片段拼接而成。有些部件可能不配，组装出来也有点怪异，这没关系，就像一道复杂的多选题，答案会在漫长的一生中一点一点显露出来。也许可以说，那些答案就是人生活所依据的指令。要是有人问：那那些没有父亲的人呢？我会回答：每个人都有。

这就要说到最让我困惑的问题之一了：父亲是一个好电工吗，还是很差劲，特别烂？我长久揣摩的一个最坏的假设是，他根本不懂这一行，连基本知识都没掌握。如果这样他就是个极其危险的代表，对着一个插座、一根电线、一颗灯泡会自问：这是什么？而为了证明他的身份，在需要对这些未知事物做点什么的紧要关头，他什么都干得出来，随便弄弄，看会发生什么……不，这不可能，哪怕恶作剧的魔鬼用一千个幻象引诱我，我也不愿意相信这个。没人会把自己的命运放在这种全盘否定上，况且这个假说也立不住脚，做这个行当这么多年，他总得学了点东西。

这肯定只是我的幻觉。人，有时候为了解释一个东西，总是提出最极端的可能性，然后一点点往回找补，直到那个著名的终点，跟现实正好相合。和所有人一样，父亲有时候对，有时候犯错，但是，一种说不出来但从不会弄错的意图，加上种种重合的迹象，都让我觉得错的比对的多。顾客回来投诉，有长期存在的问题，还有一些他根本就不接待了，或者一直拖。他总显得很笃定，或者可能给自己定下了一条原则（这也是他内心存疑的痕迹），但实际上最确定的、从来骗不了人的，是更大的周期，长远的命运：他从未超越我们街区的水平，为穷人做的小活儿；他没有进步，停留在一些修修补补上，从来没接过什么电力设施工程。他的好时光在以前，不管他当差是因为庇隆主义（不是电工技术）这种“大猩猩假设”有多讨厌，总该给他算点什么。如果是我顺嘴胡说，他会更有英雄气概；如果他承认（在他身上是不可能的），我会更爱他。

“电精灵”的谜团和秘密。因神秘而危险。据说有人因为诱人的爱抚而丧命。最让人好奇的，是电的作用距离。父亲在镇上不间断的骑车串巷是一则隐喻：那是“电精灵”通往最遥远、最隐秘角落的无形回路……仔细想想，一切都是隐喻。一个东西意味着另一个，甚至因为这些生命的弯回，我成了作家、正在写下这段真实的编年史。遵循隐喻的指令（同样遥控起效），我可能也正从事自己一无所知的行当，带着无尽的困惑操作着完全不懂的对象，比如回忆。但这并不会消除事物的真实性，真实就是父亲是个电工、我是个作家。真实的隐喻。

伤害父亲的是，从那时起，历史向前奔跑，他留在了过去。人都爱回忆从前的好日子，怎么会不想呢，那是他们唯一所有的。但回忆的时候，事情还在继续，回头看时，一切都变了。从1955年起，生活变得丰富了，普林格莱斯迎来了新事物，迎来姗姗来迟的20世纪。科学把丰饶角对准了这个国家遗忘的角落，满足了野蛮人的时髦癖。一切看起来都像是虚构，像轻描淡写随时转变的聊天话题，又像魔法变成现实。

我吸收着一切。我不对好奇心设限，这就像用智慧的咒语打破了孩子教育的条条框框。现代性像洪流冲刷身心，我调和着所有。

家对面有个会计所，我经常去那儿打发时间，给会计和他手下（侄子）跑腿。那个侄子老不来，所以会计有事出去的时候经常留我看门。我唯一的工作就是待在那儿，有人来，告诉说会计不在、很快回来。他的主顾都是小庄园主，“帮他们算利息”；一般说来，这些时不时到镇上来的人，到这儿总有无限多的时间，把原野的寂寞中堆积的聊天欲望全释放出来。听这些没完没了的话我也没个够，还嫌太短，想要听更多。之后，一个人待着，我就在脑子里回想、加工，从无穷中制造无尽。

我就是在那儿知道了事情正在加速起变化。形势像一团狂妄的火烧着。消息来源是一些不懂又瞎说的人，纯属加强了历史旋涡之奇妙的一面。比如，他们谈论新的杂交品种，麦粒有鹰嘴豆那么大，“产”（口语中“产量”的简略说法）翻番吓死人。我关注着那条产量曲线，就像跟我利益攸关似的，计算全区范围内、每一个夏天、每个庄园主的利润。一公顷收十袋保本，七十袋就能让收割的人小发一笔；现在说起来，产七十袋才算起步，一粒谷就是一袋，籽粒的比重也激增。奇怪的是，实际袋数并没超过七十这个界限，不知道为什么，应该考虑其他的数据吧。我在心里算着，记下结果，然后在《新省》报[①]上比对芝加哥的小麦期货报价，相乘，得到一个天文数字，发起梦来。唯有一个阴险的信息，会瓦解所有这些空中楼阁，那就是这些杂交小麦一点用都没有，做不了面粉，什么都不能。颗粒和比重的增长以用处为代价，然后呢？我感觉自己面对着一个巨大的幻象。肯定是我弄错了。我的消息都来源

---

①《新省》报是阿根廷的一家晨报，创建于1898年，经常报道阿根廷的农业新闻。

于那些闲得没事、瞎说不要钱的扯淡，我听到的东西放不进任何一个有序的系统，从吹牛的嘴里随意蹦出的数据，在我幻想的倾斜搁板上随意地堆积。

小庄园主们总爱瞎说一气，不是撒谎就是夸张，对自己的事撒谎，对别人的事夸张。农村电气化是他们最喜欢夸大的话题之一。总在盘算着某段夜间工程，朝他们点蜡烛照明的庄园推进，或者视线放远一点，在荒原这匹狼的大嘴边上，哪哪庄园已经通电了，阿斯特因萨、伊图里奥斯、多明格斯[①]……每次都新说一个庄园，夜晚一轮耀眼的太阳，家里、棚子、公园、牲口圈都照亮了。“简直不敢相信！多美啊！这就是进步！”按他们的说法，山上都是一串串的灯，桉树全成了圣诞树。

办公室里有台打字机。我总是一个人在那儿待上好几个小时，难免手痒想试试。我向欲望屈服了，好几次。刚开始还小心翼翼，后来有一次被会计发现了，但他并没有怪我，于是我就堂而皇之地玩起来。我一下午一下午地坐在打字机跟前，不知道都写了些什么，什么都写。有一次我问会计：逗号后面要空格吗？他想了一会儿，凑到我肩膀上，看看我的逗号又看看别的地儿：

①音译，均为庄园名。

"注意！y前面不加逗号，从来不加[①]。"

他的提醒是对的，我确实在y前面加了逗号，但这不是我问的问题。我讨厌事情偏离原有的轨道，那个年纪我就已经很有条理了，喜欢所有事情都清楚明白、处于掌控之中。逗号加y是个意外。我试图让他明白，我感谢他的指正，但还想知道原来那个问题。他明白了，但也不清楚，说没有注意过这种细节。查呗。他有一部会计学百科全书，三卷本，在一个书架上，就在那些文件夹中间。我记得这么清楚是因为那是我能拿到的第一部书；虽然已经摆弄过很多次，还读过（什么都没读懂），我也没有注意过这种细节；是写作的实践才让我有了意识。

他翻开一页看……随手一卷中的随便一页（每卷都有好几千页）；他把目光调整到书写的视角，终于聚焦了……

"哟，你看，这儿有一个逗号在y之前……"

那可能是唯一一次百科全书的作者们背离了规则，而他正好对了（这句话里我在y之前打了一个逗号，我认为是正确的，这说明规则相当地不稳定[②]）。

---

① "y"是西班牙语中的并列关系连词，类似英语中的"and"，列举多个事物时，前面用逗号隔开、最后两个之间以y连接，通常不加逗号。

②原文为：Quizás era el único caso en que los redactores de la encyclopedia se habían apartado de la regla, y él había ido a acertarle. 连词"y"前使用了逗号。实际上这是并列句之间的关联，与列举的情况不一样。

我就记得这些了。其余的事可以想见，我们大概得出结论说逗号后面是要留一个空格，和其他标点符号一样。

有一次我朋友奥斯瓦尔多·兰博基尼说，他也是小时候学打字的时候发现的标点符号后面的空格。看来，这是一件需要去发现的事，学校里不教，阅读的时候也不会自然而然地察觉到。对奥斯瓦尔多来说，这个发现具有决定性的意义，几十年之后讲起来还非常激动；他那双东方人的黑眼睛透过香烟的雾气盯着我，以确定我听懂了：那个空格多考究、多精细，永远把他牵挂住了。它让他看到，文字除了交流作用外，还能传达出高雅，他也由此知道这是他的宿命。他总是对这种事情很敏感，我们一个共同的朋友说，“奥斯瓦尔多的东西不是一种风格：他是在断句”。正因为这个，他死后十年，我写了一个微小说向逗号致敬。

我跑题了，但也没太远。人不会跑题到回不来的。有一次，办公室的玻璃幕墙刷上了白涂料，就是那时候店铺用来防止人从橱窗外看的那种。不知道为什么，我总觉得那是“液体粉笔”，太神奇了。我不了解为什么后来不用了，也不是很明白当时为什么要用，但我现在都记得很清楚是什么样的，用油漆刷涂在玻璃内侧，一片白，要抹平，可以用指尖在上面写字，有些商店老板就充分利用这个给顾客留言，比如“即将重新开张”“转让”或者其他各种实用信息，对于喜欢在玻璃上写写画画的小孩更是大快人心，简直无法抗拒。不用说，我和那些守门时来找我的小伙伴，都抵挡不住这个诱惑，经常把玻璃写满字。不过有一个特殊情况，要从外面看，必须得反着写，像在镜子里。唯一的办法是用印刷体，下笔之前想一遍，类似重影或者在心里变个镜像，就这样R或S还是容易写反。我还在那儿注意到了空格的重要性：如果不只写一个词，反过来的时候，空格就和许多其他东西一样变成实体。后来我才知道，古希腊罗马时期，书写起源的时候，词与词之间是不空格的。现在想来，这个发明意义非同小可，比得上数学里的零，而且和它密切相关。

我到现在还记得这种无谓的淘气，因为那是会计唯一一次真的跟我生气，甚至威胁说再也不放我进办公室。他一般是很宽容的，本身脾气好，加上我也懂事，还有一部分估计是我帮了他不少忙，他大概对无偿使唤我有点愧疚。但这回他冲我大喊了四声："你们这些小混蛋……我要让人把你们都关起来……"他指着满是涂鸦的白色玻璃，"你觉得我会注意不到吗？……不经允许本来就不对……还写这些怪话！……"我这才忽然意识到怎么回事。不是或者不光是乱写乱画、毁了玻璃上的白涂料，关键是写了什么字，不是形状，而是内容。说实话，之前我压根儿没想这个，完全沉浸在镜像书写的挑战里，没去管什么意思，现在我明白了，激动、着急、干坏事的恍惚中，我们可能写了些不好的话。会计不是不相信我，我哪怕无意识的时候也还是讲道理、很克制的，他是不相信我那些朋友，他们确实都比较混账。“肯定写了‘操’”，我想，低下了头。会计又嚷嚷了一会儿，之后就忘了，这事就算告一段落。

结果几个小时之后还来了个尾声，就在那天下午，普林格莱斯又一个漫长的夏天下午，我一个人在办公室等着会计回来，下班时间都过了。我坐在柜台后面的高凳上，支着胳膊，两手的拳头埋在脸颊里，放空。童年那种闲散、没来由、没对象的忧郁笼罩着我，还被时间加重了，也可能因为正对着墙一样白的橱窗。即使不看，我也能感觉到天变成了磷光似的玫红色。普林格莱斯夏日光辉午后的最后一刻就这样流逝着；空气明亮起来，漂浮的微粒闪闪发光。就在那时，深色的木质柜台上，刚好在我眼前，我够得着写字的位置，出现了一个红色、粗体写的词：庇隆。它让人迷惑，能多真实有多真实，但又似乎不可能。我往后撤开，猛眨眼睛。它还在那儿，光写出来的。我抬起头，最终发现写字的光是从玻璃上透过来的。这就是会计说的“怪话”。我太粗心了，没在下面半扇白涂料的手指画里认出这个词，只好由上天来揭示，如同一个新的“墙上文字”[①]。当我从惊诧中回过神来时，又发现一件诡异的事：投射下来的字是正着、不是反着的。

有一种东西叫“小镜子”……我是最近在罗萨里奥才知道的——来这儿待几天，还一直在写这些回忆（因为不管在哪儿、发生了什么，我总在不停地写）。这名字取得很好，之前我知道，就是不会叫，现在再也不会把它和这个名字分开了。小时候我就知道，现在又是个小姑娘给它取了名字，这让我想起童年的延续性。要说这世上没什么永恒的，我第一个举手同意，但也必须承认有一些思想在历史之下流动，没人说得出是谁在传递，儿童没有可以穿越时代的传送工具，所以他们应该都是现编的，跨越半个世纪，从普林格莱斯到罗萨里奥，在另一个世界，另一个时代……现在我有充足的机会去观察和实验，比如这趟旅行，借着“杂文中的修辞”研讨会，重新看看儿童，我罗萨里奥的朋友们中间（都是激进的文学理论家）正好有过相当一阵生孩子的潮流。我度过了很有收获的几天，昨晚去阿德里安娜家吃晚饭。她是第一个有孩子的，那会儿我们才

① “墙上文字”，原文为“Mane Thecel Fares”，出自《圣经》：巴比伦最后一个国王伯沙撒在欢宴群臣时，突然有一只手在墙上写下这三个字，意思是：“计算过，称量过，将分裂”，暗示：“你的国家运数已尽，你本人缺少德才，这个国家将要分裂”。果然，伯沙撒当晚被杀，之后，巴比伦被分裂成米堤亚和波斯两国。现用来预言某事物大限已到。

刚认识，第一次到罗萨里奥，正碰上她女儿塞西莉亚出生，看着长到三四岁，之后没再见过，所以昨晚的事让人很是惊喜。我爬上西班牙街那栋大宅子的露台，看到一个大姑娘，差不多跟我一样高，穿着旱冰鞋转圈转得人眼花缭乱。她过来亲了我一下，笑容灿烂。“塞西莉亚！长这么高了！还这么漂亮！”我这么说不光出于礼貌。才刚十岁，长得这么高（几乎壮硕），因为刚运动过，脸红扑扑的，两眼闪亮放出光来。忽然，她又在月光下转起圈来，像要把红色细砖地面划出火花，要是她爸不吼她，估计能转一整晚。之后，吃晚饭的时候，塞西莉亚说起了“小镜子”，这是对骂人的回答，自己说的自己得，不过她举的例子比较温和，“去你的，你全家”[①]，我趁机把这话充实了一下：“塞西莉亚，在普林格莱斯我们押着韵说这个：‘去你全家人，你丫尤其蠢’[②]，这样更给力。”可这没能说服她。她像所有小孩一样固执，认为韵没押好：“人不是应该对闷之类的？”[③]我差点告诉她其实是“全家银”，普林格莱斯工人阶层孩子的

① “Para vos y toda tu familia”，意思是“给你和你全家人”。

② “Para todos tus parientes, para vos especialmente”，意思是“给你所有亲戚们，尤其是给你”，两个分句中“-ientes”和“-ente”押半谐韵。

③西班牙语押韵以重读音节的元音为主，辅音可以相同可以不同，塞西莉亚误以为两个押韵音节须完全相同，要给副词加上复数s，作者表示其实是前一个s不发音，工人阶层有吞音的习惯。

口音，最后忍住没再多说，席上都是罗萨里奥的知识分子，我怕他们听了误会。我还记得一些别的“小镜子”，也没说，不适合在女士面前说。有一个是用来回击常说的“你个婊子生的”，非常紧凑有力：“生了你，没生我。”[①]谚语式简洁又正确。一个女人，不管是不是婊子，生孩子都是一个接一个，有件完全不可能的事，在刚才那句话里表达得特别好，就是生了其中一个对手就不能再生另一个；当然在时间上她可以生很多孩子，但要记得我们每个人都是独生子，每个人只有一个母亲。

还有一个更切中要害的“小镜子”，实际上是一种“对照的镜子”，有人骂“你妈”的时候可以说：“你妹更骚气”，这样一来，第一个人再回敬：“妹我没有，你屁股我爱搂”。[②]其实我们谁都没有姐妹，所有才用这些韵，而且用了很多年，一种普林格莱斯民俗。

从会计的办公室听来的话里，最启发我的是那些独白，后来也一直是，这很奇怪，或者也没那么奇怪，我本来就比较内向节制；这种相比对话更喜欢独白的偏向，符合疯癫作用在我身上那种病态的吸引力，尤其是潜藏在正常之

---

① “La puta que te parió.” “A vos solo y a mí no.” 这两句话以重读-o押韵。

② 分别为：“La concha de tu madre.” “La concha de tu hermana, que es más baqueana.” “Como hermana no tengo, con tu culo me entretengo.”

下的疯，离最安全舒适的日常惯例仅一步之遥，不是要去疯人院找那种。独白正印证了那句俗话，“祸从口出”[①]。不光这样，我还能在独白里觉出一种想象建筑的增长，缓慢而宏伟，在那里，语言在虚空中旋转，敞开向某种言语之外的东西。

那时候人总有很多时间，足以忍受最荒唐的独白。我都这么欣赏，肯定也有其他人乐意听。来办公室的小庄园主们口无遮拦，会计也不落后，正相反，他最有意思，会跟不同的人重复。我是唯一一个能听到他重复的，这种特权让我充满一种不可言喻的满足感。我记下那些变化、拓展、完善，然后，自己一个人的时候，也学着复述，做一些增改润色。他（也是我）最喜欢的一段，是一个流浪汉的“利润”故事。“利润”是指上缴国库的税款，还有所有相关的文件，这是他的专业。要说的那个流浪汉，这个故事的真正主角，在布宜诺斯艾利斯农村混，当时有很多这种人。有一次，税务总局的监察员命令他交税，说跟所有阿根廷公民一样，他也应该上税，当然，很多人并没有上。这故事妙就妙在流浪汉没有必要说谎，他的生活是完全处于货币交易之外的。在这儿，会计就开始发挥了，他变成

① “祸从口出”的原文为“el pez por la boca muere”，意思为“鱼因为嘴死”。

了“讲故事的人”[①]（顺便说一句，这也是合法的，作为税法会计，讲故事不用证书，他是“实际操作”出来的）。他一人分饰两角，一会儿是税务员，越来越说不清楚，一会儿是流浪汉，只有一个答案：“不动产？”“没有。”“租房呢？”“没有，我睡桥底下。”“家庭负担？”“我一个人过。”“衣服呢？”“旧的。”“坏了破了呢？”“有人送。也不是，我用麻袋自己做一身。”如此这般。“食物？”这是最有意思的，他最喜欢的时令菜：小溪里的水田芥。从根本上说，这是回归自然者的乌托邦，但却对我起了相反的作用，因为我发现他有多脱离时代。虽然我希望像他那样（哪个男孩没这么想过？），但要在人人交税、从属于社会机器的世界，那些社会机器既现代又高效。

那种我隐隐感觉威胁着父亲的现代性，我是在一次通向未来的独自旅行中突然想到的：清早醒来发现过了一百年，一切都不同了。想象中的精致让我蔑视那些星际飞船和透明玻璃的摩天大楼。变化出于某种风格，看不见，但却是决定性的，比如一个活在“0”发明之前的人，突然穿越到“0”发明之后的时代，在街上走，到处看……书写上词与词之间的空格也是一样。或者更微妙一点，一个活在

---

①西班牙语中的contador，既可以指会计（意思为“数数的人”），也可以指“讲故事的人”。

“庇隆”禁忌时代的人，到了这种禁忌已解除的时代。写下这段经历，我也或多或少是在穿越时空，不是风格之间，因为我的风格从童年起就没有变过，但确实是在风格的后果之间，差别仅仅在于我是反向的，从未来到过去，但出于书写以及风格之透明的影响，反面变成了正面，也即反面的反面。

偶尔，更有文化更理性的人也会来到办公室。一些例外。他们不会自言自语地胡说八道，但我还是有机会听到一些真事，听得我很认同，也很没意思，没有虚构那种快感——好像不管意愿和喜好如何，我注定要进入那个理性枯竭的世界。有一次，其中一个注意到我们生活中的小事，开始谈论镇上的小孩。“现在没人想当工人了，”他说，“都没人想工作！”他的听众积极配合，屈服于这种悲观的总结(其实也没总结得也没那么好，说话人被排除在外了)。但这个人有更明确的看法，并不停留在廉价的煽动上：“没人愿意为一门手艺脏了手。不知道他们是觉得丢脸还是打什么算盘，把孩子送去学文秘，去委拉斯凯兹技校，不教他们干自己那行，绝对是害了孩子。他们以为穿西装打领带比工装好，其实就是个没前途的小职员。”其他人，说那么多从来不用脑子的，现在只好闷闷地点头。那人转过身，意外地问起我来（显出实际知道的比看上去多）：

“你是‘椴树’的儿子吧?”

“是。”

“你们看，一个电工，把技术传给儿子根本不费事。当电工多有用，将来还得更有用！可是他不，这些人的进步观念就是把孩子放到写字台后面，像棵树一样立在那儿，下半辈子就靠那点破工资。”

诸如此类。他的判断像魔鬼一样准。他还有一个事说得特别有道理，就是批评“这些人”的愿望太天真：想沿着看起来开放的通道提升社会阶层。说到底，只有“别的人”才能做这种分析，像他那样的人，是他们驱逐了庇隆，开动了历史的列车。但他说的是对的。我认识的所有孩子，无一例外，小学一毕业就去了委拉斯凯兹，进入商业或者官僚的世界。那是关于发展的一种幻想，一种希望，一种目标。

这位做出如此准确评论与批判的先生把自己放在了一个更高的位置，他可以从那儿做出精确的诊断，却无法理解。在这些事情发生的那个水平，视角是不一样的。在他们看来，上委拉斯凯兹是明智的、顺应需求的。确实，完整学下来才两年，孩子一毕业，刚十四岁，就可以进入劳动力市场了，这个市场对年轻会计员的需求似乎总也满足不了。

相反，进公立高中才不合理（从利益相关的社会角色层面看），那时候还有高中，名声也很好，但是至少要上五年，而且拿到的毕业证书对找工作一点用也没有，只能上大学，又只在布宜诺斯艾利斯和拉普拉塔有，又远又难进。所以一个不太富裕的家庭把孩子送进国立高中是一种莫名其妙的企图，更直截了当地说，浪费时间。

更麻烦的是，我们这片的人都说国立高中的官方学习计划太玄，完全不讲实际需求，简直是个笑话。举个例子，第一年大纲里（调查确认过）有植物学，这对一个贫困家庭的孩子来说有什么用？他可得赶紧考虑从经济上帮助父母，谋个好前途，掌握有效武器跟生活抗争。植物学！大家你一言我一语地嘲笑。这名字太“高大上”了，肯定还有别的不实用学科，但植物学最好说。

说所有孩子都无一例外去了委拉斯凯兹，其实打了埋伏，例外有一个，人人都知道，谁都有见解，以至于有段时间大家又把植物学挂在嘴边。那孩子住筒子楼，独生子（肯定的），这片区最穷的一家，甚至比“穷”还惨：他父亲没有工作，一天天在门口抽烟过日子；没人知道他们靠什么生活，可能有好心的亲戚接济；他母亲是个干瘦的印第安女人，一身黑，总在厨房里忙活。他比我大三岁，换句话说，我刚上四年级他就六年级毕业了，然后，让所有人大吃一惊的是，他被送去了……国立高中。从某种程度上说，也有几分意料之中。

我叫他M。关于他，有件事，我到现在都记得很清楚。一天下午，我和母亲进城去，忘了是干什么。市中心离家五个街区，但是我们从来没去过，一路上兴高采烈。出门遇到在街上无所事事的M，他加入我们一起走。那时候他已经进了国立高中，插一句，进去也没待多久，顶多不超过两三个月，因为他父母突然明白过来，把他弄出来送进了委拉斯凯兹，赢得了街坊邻居不少“不听老人言”的微笑。我们三个在街中间欢快地走着。M是个可爱又话多的男生，一点也不孤僻。母亲穿着“出门”的衣服，这也是为什么我们会走马路中央——她的正装包括一双又尖又细的“恨天高”，穿起来并不习惯，像踩着高跷摇摇晃晃，所以对她而言，平滑的沥青街道要比布满小石子和杂草的土路好走得多。

我母亲很矮，说好听一点，个头很玲珑，加上一些奇特的身体特征，古怪又引人注意，比如头格外小（也许是正常大小，但是看见她这个身高一般会期待一颗侏儒的大头），没有头发，一头灰色绒毛，永远长不到可以梳理的程度，太细太软，也就很少支起来；眼镜是全身上下最显眼的地方，又小又圆，厚度惊人，简直像两颗玻璃球，从四岁戴上就没再摘过。尽管身材短小，外形略吓人，但是她气场强大，让人肃然起敬。大家都称呼她“夫人”，这是很特殊的待遇，因为对这一带的其他女人一般都直接叫名字或者外号。

到街角的时候，一辆车擦着我们开过去，还听得到远处另一辆车发动机的声音。母亲想了想，决定不走路中间，但是还在柏油路边上。她说：

“贴马路牙子，别被插了。”

M惊讶地看了她一眼，大声问：

“‘插’？那是什么？”

“你不知道什么是插？就是被车撞到。”①

M笑了，很坦率，很开心。

“不！不可能！没有这个说法，是你编出来的！”

母亲也笑了，一副遇到知己的样子。M的怀疑是有道理的，她喜欢造词，玩猜谜，开玩笑。这次她只是小试了个文字游戏，对自己的计谋沾沾自喜。M坚持道：

“没有这个！词典里没有！”

“词典里没有”，这句话对我造成了冲击，很难描述我的感受。首先要说明，因为长期的诋毁，国立高中对我来

---

①原文分别为两个词colisión，choque，都可以表示碰撞、冲击。

说已经成了一个模糊阴暗的神话，反而有了不可抵抗的吸引力。包括“植物学”，虽然不知道到底是什么，或许也正因为不知道，对我来说也成了神话。所有那些无用的知识都是一个旋涡，一块磁铁，因为无用所以没有界限，能够覆盖或是复制整个世界，确切地说，所有的世界，可见和不可见的。现在，M那句话把我带进了一个更高的境界。“词典里没有”，反过来看就是说M知道词典里有多少词、哪些词，所有的，因为他知道哪个没有。随便一个词，在一次特定情境的对话中从一位爱咬文嚼字的女士口中蹦出，他就能立刻从现存所有词语中定位出来、填上空。我还从来没翻开过一本词典（唯一摸过的书就是那部会计学百科全书），但我知道词典长什么样，词典里有所有的词，经过不同的组合就构成了所有的书。M是我唯一认识的上国立高中的人。这个三段论的结论是，在国立高中会学词典。我感到一种确认、一种扩展。学词典，这对其他任何一个头脑清醒的男孩来说都是过于残忍的判决，对我却是一种注定的命运。我要的是百科全书派和组合幻化式，还要增长，像黎明那样。

“我朋友在这件事上弄错了”的怀疑（完全正确）完全没有影响这一激动人心的发现和确定；那是个意外，可以纠正，可能是我们同龄人的恶趣味引起的，大概他以为我母亲想说一个，打个擦边球，因为“插”这个词有“从尾部，从后面撞上”的意思（尊重事实，这儿应该说一下，M如今已经是身家百万的庄园主了，不是因为他上过几个月的国立高中，而是多亏了他在委拉斯凯兹学到的会计技能）。

我的前途也是国立高中。这是母亲老早就做了的决定，不可动摇，必须必定，就像她处理的所有事情。母亲用一种高傲的、阶级化的、她的非理性中天然的肯定口吻宣布了这个决定。五年艰辛的家庭付出之后拿到中学毕业证，我又去什么大学呢？奇怪的是，父亲本来可以据理力争一下的，却沉默地支持了她。不知道，或许是一种自杀的方式，一个他们达成的自杀协定……

有人说，所有婚姻都是一份自杀协议。在隐喻和诗意的意义上可能真是，不过每个具体情况要放到历史环境中去看。有时候要理解一个隐喻，需要往前追溯原因以及原因的原因。我的父母精神气质这么不同，“协议”都只能是形象的说法；他俩没有任何共通的基础来确定目标和条件。他们活在不同的世界，有各自的维度，互不调和，互不理解。但要说是这个让我变得这么奇怪的话，那也不对，因为每一个“儿子”都会有这样的经历。听起来很夸张，有人会说，要是这样，所有人都得精神分裂了，社会不得很快从内部解体。在这种反驳前，我可以毫不退缩地回：对，那又怎样？但是算了，我承认社会没有受到这种威胁，没有解体，有历史在。撕裂是在时间中造成的，虽然这里我还可以说：不过造得不好，没有大团圆结局。奥尔特加·伊加赛特①不是作为哲学权威和西班牙人权威说过，“人分为傻子和怪物”，断定没有第三种可能吗？我们最能争取的就是成为怪物，哪怕为此必须牺牲幸福。

我应该尝试描述一下多维空间交汇的那个点，一个神奇、想象不出来的地方，让人接触到不可触碰的东西：家，街区，镇子……从我们住的房子说起吧。这是一座废弃的旅馆，在普林格莱斯辉煌那会儿，应该类似于某种高级酒店，当时可着劲儿建，大，坚固，能承受几十年的荒废和破坏。整栋建筑在街角划出一个庄严的“L”形，一条边沿街是大厅、厨房、贮藏室，还有应该属于工作人员的小间。主门也在这边，非常豪华，尽头还有汽车和马车进出的大门。另一条边上全是房间，有十来个，都装着朝街的防盗窗和朝铁柱长廊开的门。这块地的其他区域（占了半个街区呢）是一个长满老树的公园。我们住那些房间中的一个，只一间，楼里别的地方都空着，就这么扔着。到处都是线脚、螺旋、装饰柱，角落里，正对主厅的门廊顶，

---

①奥尔特加·伊加赛特（Ortega y Gasset, 1883—1955），西班牙著名哲学家、散文家，其思想深刻影响了该国知识界。

保留了一个灰浆质地的贵族纹章。我想这个地方应该是为乡村顾客设计修建的，普林格莱斯中心原有的旅馆可能让他们不太习惯，这里靠边，离镇中心五百多米，几乎是在田野里了，地方还大，之前是整个街区，和更城市化的酒店相比能容纳更多的车马。随着镇子的不断发展，这个世纪二三十年代，它失去了存在的意义，关门大吉，荒废在这一带。房主是法国人，这个地区人数不少的群体。旅馆之老还有一个重要的证据：没有一间厕所。从来没有过，得去花园深处找，花园宫廷式的风格跟宅子其他部分如出一辙。

之前说过，我们一家三口是这栋大房子唯一的居住者。不过我们只占了所有房间中的一间活动：集厨房、餐厅、客厅、卧室于一体。我没觉得这里破败不舒服，一直都是这样住的，我认识的所有家庭，这个片区的小伙伴们，都在类似的地方安身，空间比我们更有限。要记得我们都是独生子，跟有些大家庭的混杂比起来（孩子八个十个无穷尽的）已经很好了。这叫“适应”，远远不需要惋惜，这么专属的环境再简单合理不过了。还有一件事，照理也该觉得奇怪的——好比让现在的孩子喝汤在一个厅，吃甜点在另一个厅，或者睡午觉在一个卧室，晚上休息在另一个卧室——尽管周围有很多空房间，父母从来没有去开垦别的，他们有经验，但想的应该跟我差不多。

话说回来，这种自觉可能是条款事先设定的，或者说，是租房合同的规定。我从来不知道父母是怎么住进那儿的，为什么只有他们这么做。虽然这很容易猜到。庇隆时期有一阵规定禁止房租上涨，在随后的通货膨胀中，租房就成了白送。“解放革命”变革了很多事，但是没想好怎么变这事。废宅子的主人，建房的那些法国人的后代，对招租新住户没有兴趣，我们大概是个试验，结果也不算成功。另外，这房子还吃着一场艰难的继承官司，每年一次，街角会插上红旗，竖起法院拍卖的牌子，到日子，拍卖行主过来，在人行道上组织一个仪式，很简单，每年都一样。一帮常规观众聚起来，都是男的，父亲总去，我也去。房东也在，不知道是亲兄弟、表兄弟还是连襟，闹到这种程度，谁都不说话，站得远远的。拍卖方发表一个准备好的简短讲话：土地面积、建筑面积、隔断，等等，之后报“起拍价”，举槌安静地等几秒，然后嘟囔两句，宣布拍卖结束。房主们表情严肃沮丧，各回各家。跟拍卖商一起来的公证员把文件按在引擎盖上，填好、签字、还请两位证人签字，通常都是邻居。

这个古怪消极的仪式，我童年时期每年都毫无变化地举行，很久以后，在父亲的解释下，我才明白什么意思。说女人不参加，母亲当然也不去，但她的缺席有细微的差别，是蓄意的，带火药味。接下来那几天她会显得暴躁、好斗、唠叨，要知道她平时可像只爱唱歌的鸟儿，笑眯眯的什么都不操心。父亲一次又一次地试图让她明白怎么回事，她总是无法理解，最后他狂风骤雨般的（不）耐心总引发激烈的争吵。她的不理解在我看来很不合理，因为连我都明白了。为了解释，父亲可是耗尽了仅有的淡定：负责遗产继承的法官下令拍卖，首先要有一个买主，没有的时候，就得等到所有的审理都过一遍，才能再回到这个案子。就这么简单。为什么母亲不愿接受呢？为什么她要用不相关的问题、抱怨、乱扯把问题搞复杂呢？这是她唯一抓狂的时候，会抛弃对父亲的急脾气冷处理的策略。

不理解的关键、母亲拒绝理解的地方，在于房东们并不想利用这个机会自己买下房子、结束这场闹剧。其实很明显：没有人出价，房子卖不出去，他们就可以不花一分钱，继续当房东；碰到有人感兴趣，死掐的几家一定会竞价……一再提高，永无止境，因为他们都打定主意要赢得房子的所有权。这一直是个潜在的威胁，他们谁都不会点炮，但别人可能会，万一家族之外不知情的人心血来潮想买下这房子拆掉建别墅……这事会影响我们，牵连最大，因为我们就住在那儿。这案子的一个奇怪后果是，很久之前，那时我还没出生，父亲去交房租，房东说没法给他收据。这个东西，我猜，会改变整个租赁的合法地位。父亲回答说，不给收据就不交钱。他们进入拉锯状态，父亲没再交钱，或者说，从来没交过，意思就是，除了租金冻结不上涨之外，我们根本没付过租金。

我所有的朋友都住在狭窄窘迫的小房子里。我们倒是有很多空间，然而，出于穷人一种高傲的自尊，我们对此不屑一顾，还是只住其中一个房间。就连走廊我们也只用自己墙那段。我被禁止进入其他房间，虽然大多数都没有门，只有老鼠在里头跑来跑去。那些房间也不怎么吸引我。有时候，父母不在，我会跟伙伴们策划一次“探险”，但那样的机会很少。我还被禁止到花园里玩，连进都不能进，除了上厕所那条小路，以及水泵所在的那条（因为我们也没有自来水），我非常听话，有些角落真的从来没踩过。

不管怎样，这栋楼还是给了我想象的原型。从那时起，我就一直把它当成宫殿。晚上为了入睡，我在脑子里把那些空房间过一遍……不是所有，因为我不知道到底有多少，也没花工夫去数过。我迷失在那个中心是梦的迷宫里。要以它塑造一个人的想象力，或再由此塑造其一生，看起来是小了点，但这也不是第一次一个小原因产生大影响，而且它真不小，因为情境会消解“宫殿”和“房间”之间的矛盾，并启动机制消解所有的矛盾。

我从来不知道（也不知道自己不知道，所以没问过）

为什么我们家会安在那个房间，而不是别的哪间，有这么多，都一样……虽然也不完全一样，每间有自己的位置，那差别可没法克服。很明显，唯一一样我们房间有而其他房间没有的东西、让我们这儿比较宜居的，是壁炉，一个巨大的大理石壁炉，其他哪个房间都没有。谁知道这是个什么古老又浪费掉的设计。我在阅读课上碰到一个词叫“冬宫”，又开始做梦：可以结合我自己的经历变一下，叫作“四季宫·冬殿”。

有一次，在为了让父亲保持平静的漫长闲聊中，母亲说起他们刚结婚搬到那儿住的时候用壁炉做饭，烧柴，像中世纪那样。我很兴奋，孩子就喜欢历史重演。我想看看，求她用那种老办法再做一次饭，求了好多次，她还是没答应。我下定决心长大以后，尽管时代进步，一定要回到中世纪，想回几次就回几次。那个时期似乎不长，因为拿到当市政电工的第一笔工资，父亲就给妻子买了一个巨大的煤油灶“火山”，现在还用，就在当初买回来放的位置，靠着侧墙的中点。房间是方形的，每面墙正中都有一个标志：朝向走廊那面是门，对面、朝向街道那面是窗，两个侧面是“火山”和它正对的古老壁炉。我很喜欢这种对称，总能在其中发现新的意义。地板是木制的，细木条，踩上去发空。最大的家具是双人床，放在侧墙壁炉旁边，靠门这边。窗那边是我的床，还有一个大碗柜。正对着我的床，挨着炉子，是一个带三面镜子的衣柜，又大又高。家具还包括放在门边那个角落的桌椅。这种布局从来没变过。

这就是我们的小世界，我们的庇护所和秘密。从时间的这一面考虑，似乎必然要有一个秘密，一个就够了，哪怕只是为了便于记忆。问题就在没有秘密，我还记得那么清楚。日子过得并不紧迫。我天天在街上晃，父亲出去工作，母亲像个门房，拿把椅子在人行道上织衣服，能待上一整个下午。她说自从我学走路，为了看护我，她就这样了，已经成了习惯。经过的人大概都会想："这女人的房子真大!"他们不知道，确切地讲，她真正的家藏在他们看见的这大房子深处，正如一粒种子藏在森林里。

房间的内部还有一个外部，那就是收音机。我们把它放在桌子上方的搁板，只要家里有人就开着。我们听歌，听新闻，听搞笑和问答节目；妈妈痴迷恰佩[①]的小说，高乔文学，我也和她一起。妈妈觉得我最好别到处乱跑，不管在跑什么，停下来和她一起听胡安·卡洛斯·恰佩的小说，就是子女最大的孝心。她跟邻居们说这事，扬扬自得。我那其实不是孝顺，是真的喜欢。

---

①胡安·卡洛斯·恰佩（Juan Carlos Chiappe, 1914.7.28—1974.12.18），阿根廷剧作家、广播歌剧剧作家、广播剧演员及导演。

通过收音机，政治也进入了我们的生活，如果它被一直排除在外，我的日子会少很多折磨，排除可以有很多原因，比如最主要的：觉悟。据说（而且很有道理）庇隆主义并不是一个真正的群众现象，它是自上而下的。民众把它当作馈赠，不断接收，直到接收变成它的第二天性，然后开始接收完全相反的东西。这种理解似乎太像知识分子的瞎琢磨，因为事实上民众觉得自己就是主角，也采取了行动，总之，事实是最重要的，“唯一的真实就是现实”，起因居于次位。但是事实最后又证明了这一点，因为从庇隆主义来的方向，同一高度，反庇隆主义又来了，而且正好是之前决定命运的臆想的幻灭产生出的觉悟，并为曾经的天真深感羞愧。

父亲沉默了，从里到外。他如果不说话，是因为无话可说。他吸收了该死的历史辩证法，把它放进冰冷呆滞舌头的每一个细胞，成了一个神经敏感的病人。从那以后，他再也没有关注国家现状所必需的冷静了，这个国家比他还要歇斯底里。真的，那些年动乱不安，难题重重，政府更替、武力干涉和军备都在增加。广播里全是这些。母亲负责发表评论，时间长了，话越来越多。当然了，她对政治一窍不通，根本不知道都是些什么，但她表现得既无所谓，又持怀疑论，还有教条化，似乎父亲的沉默让她壮了胆色。他肯定察觉到妻子是瞎说八道，无知到难以置信，孩子气地毫无责任感，但是他什么都不说。大家都知道，沉默即允许。

我记得某次大选的时候，广播里不断重复一句口号“政府由您来选”。母亲突然一笑，讽刺说：“拉登巴赫[1]来推翻。”

如果她只是这样口无遮拦，说个别嘲讽的话，也许事情没那么严重（对我来说，我是那场没有士兵的奇特战争唯一的目击者）。严重的是她开始形成一种发自内心的反庇隆主义，成了“大猩猩”，满篇诋毁，全是胡说。真正意识形态的发展，绝不会是决定说话的自然结果、非得用什么来填充。她开始在晚饭时发表演说，像打机关枪一样，根本停不下来。她老教训我。这里就不重复她的话了，我们每个人都有混乱、麻痹的政治经历，至少所有阿根廷人都有，另一方面，这段时间不算太长，要一直这样不太可能，也许它的作用就是充当下一阶段的推动力，或者模范。

最后的情况是，政治话题没了，演讲仍在继续。母亲应该已经发现，她开口，父亲就闭嘴，不论她说政治还是别的什么。沉默能缓解他的神经紧张，或者至少是他不舒服的症状。母亲在童年记忆中搜寻，在故事、漫画、插图、

①本哈明·拉登巴赫（Benjamín Rattenbach, 1898.9.21—1984.8.8），阿根廷军官。

肖像里变得无穷无尽，讲得我什么都知道了。尽管她讲得很开心，没有后悔，甚至透出戏谑的口气，但那还是一段持续的恐怖记忆。她在乡下长大，作为长女要照顾十多个弟妹，无依无助，因为他们的母亲是个冷漠的怪人——据她说，那是个谁都想象不出的奇葩：一个没有母性的女人。由于这一缺失，责任落在我母亲瘦弱的双肩上，同时弥补了她的生理缺陷：弟弟妹妹视她为母亲，并没有因为她像侏儒、戴眼镜而有所疏远。他们的父亲年轻时就死了，当然，她把他理想化了。

她父亲是在她结婚那一年死的，不知道之前还是之后，反正是同一年，1948年。她的回忆到那儿为止，之后闭口不提。她从来不谈结婚的事，大概以为大家都知道了（但我并不知道，而且很感兴趣）。她以这种谨慎来补偿，甚至说过度补偿，对这一话题的执着。婚姻这个话题，在一个“是人都得结婚”、禁忌非常强有力的环境下，作为谈论和思考的对象，就转到了反面，也就是老处女。她把这一片所有的大龄单身姑娘都编目研究，给她们制造希望，为她们挑选候选人，幻想解决办法……但她更无限地享受失败，认为她们完全没有出路。在这一点上，她并没有弄错，因为所有那些我能八卦到的剩女都还剩着。当然，有时候她激动过头，夸张地把某个二十来岁的女孩（通常是老师或者职员）叫成“老姑娘”，人家很快就结婚了，但这些是可以忽略不计的例外：她的“固定演员”表一直没变过。她没有一天不关心她们。某种意义上，不知道或者不想知道，她是在维护庇隆主义引入阿根廷生活的那种社会流动性，因为单身老姑娘是一个中等阶级特有的现象，出现在我们所处的无产者环境，只能理解为阶层上升的标志。她自己有时也说：“黑女人总能结婚，不管多难看。”但她其实是站在大猩猩立场的，毕竟那些老姑娘，鉴于其形成所需要的时间，在庇隆主义出现之前就已存在，并且在那之后也依然存在；庇隆政府那十年并不足以产生老姑娘，这也表明她们阶层流动的企图纯粹是幻想。

我和她之间悬着一个意象——绝对有，虽然我几乎是猜的，从她某个磕巴儿、表情或者眼神就能看出来，母亲和儿子之间可以有这些想象的联动——那就是新娘，“新娘梦”……她给我留下了这样的推断。她那么讲求实际、缺乏诗意、爱讽刺的一个人，有一次变得特别抒情，描述一个富家女的婚纱，一个庄园主的女儿，她年轻时参加过的婚礼：“一个梦”，一个用绸缎、花边和绢网织成的轻薄洁白的梦……我应该是从这儿学会的这个表达，而且也符合一个客观事实，那时候所有的年轻姑娘都梦想自己的婚礼、婚纱，对她们来说，那是她们一生中唯一一次可以盛装打扮、像公主一样闪耀的机会。不可理喻……但是是真的，确实这样，没人能够否认，那就像否认感官的知觉。那个梦发生在历史之外，远离政治和社会的变迁，像保存在处女的灵魂中那个坚不可摧的箱子里。

母亲所注视的可能不只那个梦，我钻进了那道目光，虽然不知道怎么穿透的……她看到了小镇，看到了普林格莱斯，也就是整个世界了，那儿住着新娘们，穿着她们梦想的、绢网做的、轻薄洁白的婚纱……所有女人都是新娘，地球上所有居民都是，没有男人，或者没出现在视线中，所有的新娘都年轻漂亮，都是“瞬时”的，飘在自己的时间里（每个人都在她“应该的时间”结婚，当那个唯一的、不可转让的时刻到来，她们准备好，所有细节都完美无缺），在小镇的街道、人行道、院子、家里，鸟瞰，也从孩子异想的视角……母亲那绝美的乌托邦是她超越时间的胜利。我以一种独特的想象力对它加以完善，这更加强了我和她之间的认同。出于一种有害健康的好奇心，我想戴上她的眼镜试试透过这层镜片看世界是什么样，求过很多次，从来没答应。她从来不摘下眼镜，连睡觉也不摘，我没有机会下手。但孩子的淘气是很固执的，我幻想趁她睡觉时偷，猛地一下摘走跑掉……我总是跑开，不管是幻想还是现实中……我一到街上就赶紧戴上，这样就能看到那个

“美丽的乌托邦”，新娘的世界，虽然只是一瞬间（母亲穿着睡衣跑出来夺她的眼镜了，紧跟在后面）。

然而对于父亲以前的生活，我一无所知，也不敢问。某种程度上，他擅长在我们三人之间制造这样一种印象，那就是对过去的哪怕一丁点回忆都会引起一场激烈的爆发。这或许影响了我，因为多年以后，有一次别人跟我解释变速器，我问：“如果走着四挡，时速一百八，挂倒挡会怎样?”不是开玩笑，我真有这个疑问。显然，历史形势和家庭责任让父亲瞄准未来，对他来说，时间只会朝一个方向跑，所以他没什么可说的，未来靠做，不靠说。

只有一次，他以一种意味深长的方式打破了沉默。那是一个冬天的晚上，不记得是晚饭之前还是之后了，收音机里播着一部剧，母亲认为很严肃、很有文化内涵，要求我们安静；她其实是在要求自己，因为她是唯一一个说话的。我没忍几分钟，听不懂，可能也是我不想懂。好无聊，我挤眉弄眼抗议，换来“嘘”声和警告的目光。我可是很有反抗精神的，对于什么有趣什么无趣也很清楚。最后，以我一贯掉书袋的方式，“我回房了”[①]，我从桌边起身，躺到床上，挑衅地打开一本《机灵鬼》。这本杂志是一个开

① “我回房了”是加西亚·洛尔迦的戏剧《耶尔玛》（*Yerma*, 1934）中的一句经典台词。

卡车的邻居的，他买了很多，他妈妈会借给我；因为那些画儿“太花哨”，平时我只能偷偷看，但这次故意大张旗鼓，还弄出动静，像宣示不满，并理直气壮；如果他们非逼我听这种听不懂的破节目，那他们的审查就无效了，我做什么都行，要么无聊到死，要么正当防卫。我还希望能争两句，因为他们看都不看我，把我晾一边了。不过，不爽在阅读的乐趣中化解了，我也忘了他们，忘了收音机，大概有一个多小时沉浸在那本杂志中。突然，那部剧播完了。

一阵沉默（某一刻我可能已经回到了桌边，因为某种程度上我也参与了接下来的对话。）母亲开始说话了，但还没完全回过神来，她对自己的特权太自信，没想到有人跟她抢着发表意见。她含混了几句，开始给机器加热：

“太棒了！天才！真有才！加西亚·洛尔迦[①]……！耶尔玛！来过阿根廷！玛加丽塔·希尔古[②]……！他在战争中死了！”

其实她老这么说话，没什么句法，噼里啪啦讲个故事，这种没什么可说的情况下就更是了。但她总有话说。一开

---

①加西亚·洛尔迦（Federico García Lorca，1898—1936），西班牙“二七一代”诗人、剧作家，曾于1933年到过阿根廷，1936年西班牙内战开始后被枪决。

②玛加丽塔·希尔古（Margarita Xirgu，1888—1969），西班牙女演员，曾长期与洛尔迦合作，也多次到过阿根廷（多是因出演洛尔迦的戏剧）。

始的感叹已经传达了基本信息：刚才听的是真正的文化，上层阶级的文化，庇隆主义者跟这不搭界（庇隆政府还被这个广播揭穿了真面目）；庇隆主义者应该听听这个，接受彻底击垮。这看起来像是她的原话，其实没这么整，她想说成这样，还想说更多。她有满腔的话，似乎想要完全占有加西亚·洛尔迦这部名剧，重播，让她上，依着她……不过不着急，事情已经成了一半。加西亚·洛尔迦仅仅存在已经是对庇隆主义的灾难，因为他既在它之前，也在它之后，正如那一夜所证明的……那是一次对正派、有文化、非大众的人"转庇隆主义"切实的证据……

她的意图本质上是很值得赞扬的。如果说她没有以更为连续的方式表达出来，那也是出于惊讶，或者因为剧中的高潮愣住了……之前她忘记了加西亚·洛尔迦的存在……现在想起来了，以她那爱好说唱剧的父亲的声音……还夹杂着其他的记忆，西班牙的《河边葡萄园故事》①，《雀鹰》②，甚至是蒂托·希帕③……

---

①《河边葡萄园故事》（*La del Soto del Parral*），一部西班牙说唱剧，两幕三场，1927年10月在马德里首演，大获成功，之后不断重演。

②《雀鹰》（*Los Gavilanes*），一部西班牙说唱剧，三幕五场，1923年12月在马德里首演。

③蒂托·希帕（Tito Schippa, 1889—1965），意大利著名男高音歌唱家，擅演抒情角色。

尽管如此，还是有点不对，连我都感觉到了，还带一点模糊的警示。她虽然很兴奋，但留下了一个空洞：所有她说的，想说的，都是这部名剧外部的东西，它的影响，它的声誉，它作为完结作品之后的回响，她没有谈到意义从何而来，也就是说，这部剧的内容。或许是她被这个千载难逢的机会震撼到了，一个字都没听进去，她的意识被这个情景本身填满了，再装不下组成它的具体部分。

恰好在这点上，父亲有话要说，之前他一直在想，非常专注，然后突然说道：

“一个作家，能写出这样的东西……”

吓一跳。

“什么？”

确实，天才都看出了写下作品的必要性。事情得做。母亲准备好的所有称赞和满足，在这个意外的侧面攻击前失去了机会，它更早出现，而且更为根本。

但父亲不为争论所动，继续揣摩，想找出词语钩住他那一闪而过的念头：

“……为了写出与所有人经历的感情如此相悖的东西……他必须虚构……写作……就像他看到了生活……”他边说还边做手势；在桌上比画，一根手指点住，然后另一根，像在指出一个想象中的示意图或某个范围的地方。

“你在……你疯了……?”

“我们看到的生活……”他做了一个手势，“从这儿到那儿，”“而他，”又一个手势，“从那儿到这儿。”

“什么？谁?”

“他没法活着……换句话说，我们看不到……”

“你不会是……!”

“逆流而上……就像……”就在这时，他抓住了那个能表达他的念头，声音也更坚定起来，“反的生活，就是这个。作家必须反着生活。”他继续比画着，但现在明确了，像是完全弄清了自己的想法，只需要让我也理解，因为他转来跟我说话，就像老师对学生那样，“生活中的一切都朝着一个方向，对吧？现在你想象一下所有的东西全反过来……”

“闭嘴！你能闭嘴吗！别说了！没看孩子根本听不懂吗?”

父亲像猛醒过来，看了她一眼，说了些不太好听的话，“无知”“蠢驴”，不知道还有什么，不记得了。这事后来再也没人提过。打岔应该没有对我造成太大的损失，因为很明显，父亲也说不了太多。直到今天，我都在摸索他说“反过来生活”是想表达什么。长大之后我读《耶尔玛》，想找到答案，重建他含混的争辩，没成功。

母亲讲过的童年趣事中，有一件可以作为示例，展示历史强迫我们度过的奇特的日常生活。任何其他一件逸事都能起到这样的作用，只不过有些我记得，有些忘了。

这件事是关于她弟弟妹妹小时候，两个人七八岁，总在打架，总能找到打架的理由，兄弟姐妹之间的家常便饭吧。这场永远的战争中，经典理由之一是下命令，男孩想让妹妹听他使唤，说什么做什么，毫不反抗；结果自然是他说什么，她就跑去做相反的事。尽管如此，这个精灵鬼还是神秘兮兮地说实际上她听了他的话。举个例子，他说“关上窗户”，妹妹就跳起来开窗；他紧接着说“多谢多谢，就是这样，大家都听我的”。“骗子！你说关窗的，但是我把它打开了！”“其实呢，我是想让你开窗的，好热，要是我说让你开窗，你是不会这么做的，对吧？我太了解你了，我跟你说把窗户关上就刚刚好。你现在知道怎么总是上当了吧，小女奴？”他得意地笑。妹妹回嘴：“谎话精！你这个争强好胜的东西！”这时他给出完美一击：“想证明一下吗？窗户之前可是关着的。”这是摆明了的，她没办法，气得直咬牙。

总是这样。他总能想到机智的办法，虽然都是些坏心眼儿，家里人还是很惊讶：“怎么不把聪明劲儿用在正道上！”但想想他们还是孩子，无关痛痒地打打闹闹，就没当真。

于是有一次差点出大事。妹妹给全家人吃午饭摆桌子，帮帮母亲，也因为喜欢做这些事。他出现了，又找碴：“快摆好桌子，我饿了。嗯，很好，不错，听我的话，我很高兴。”这话作为挑衅太拙劣了，妹妹只当耳旁风，做了个轻蔑的鬼脸继续干活儿。她很认真，把每件东西都放好位置，像之前教她那样。他在那儿看着，鬼使神差，事情发生了一些变化。他坐在离厨房门最远的主座上，他们父亲的位置，摆出一副掌控的姿态，放松的国王，眼睛半睁，盯着她，头向后仰……仅仅是这样，已经让妹妹不自在了，感觉到被盯着看，动作变得僵硬机械起来。他等了几秒，刚好够进入一种工作的节奏，开始下达命令，一种后发的命令：她把盘子放好，他就说：“放好那个盘子”，她摆餐叉，他再说：“现在叉子”，她搁杯子，又说：“杯子，放好喽。”妹妹想不理他：拿出盘子，做出摆放的样子，他刚一说“放好那个盘子”，她就把盘子放回水池，摆上刀和餐巾，而他面不改色，配合着妹妹的每一个动作不停地撤换指令：“不，我改主意了，最好还是先放刀……算了，还是先把餐巾准备好……”她放下杯子，听到他说：“放好杯子”，拿起杯子放回橱柜，他紧接着说：“杯子拿走，放到碗橱……对，听主人的话。”可怜的小姑娘总也赢不过哥哥，无论她想把杯盘刀叉放哪儿，命令，虽然后下达，却带着一种强迫的意味将她紧紧包围。她停顿、改变节奏和方向，为了摆脱控制使出一千种小花招，都凸显了她被一股不可挣脱之力控制的感觉，像木偶。对手沾沾自喜，在这个游戏里越来越有主导力，还有时间发表自满的言论："最近小女奴们表现得真好啊……不，那个小勺子放另外一边去，不不不，还是原来的地方吧……真棒！我们从丛林带回的小黑女奴真是听话……"他劈开腿，一条搭在扶手上，像东方的君主一样有气无力地发号施令，还叼着一根想象中的烟，想显得更有权势。他故意夸大动作，模样有点女气，以光荣胜利的优雅对比妹妹被完全掌控的绝望。

"那个叉子，就那儿吧……不，我改主意了，放另一边……不行，我突然觉得还是之前的位置比较好……要不待会儿再说……呃不，放好得了，就那儿，谢谢，女仆……"

但那个叉子另有去处。可怜的"小女奴"木偶受够了，突然想起唯一一个"主人"没有命令她放过的地方，朝他扔了过去。如果冷静想想，或许她能知道这是最不该做的事，但她没想，就在愤怒的盲目冲动下扔了过去。

然后就发生了让这个故事变得难忘的事。叉子刺入了"主人"的脸颊，劲儿很大，就那么横扎着，左眼下面，四个齿嵌在颧骨里微微颤动。他们母亲听到叫声赶来，没办法，只好一手扶着儿子的头、掌根推着前额，另一只手把叉子拔出来。

“再往上一厘米就把他变成独眼龙了”，一句必然的评论，在我看来太套路了。我把这跟“主人的眼睛”联系了起来，更遐想撞击前的那一瞬间：叉子在桌子上空旋转着，像马戏团的飞刀……当然是一次偶然，要是故意，练一千次（我试过）也做不到，叉子呀，又不是刀！为什么马戏团不用叉子呢？

不管怎样，那次没有反向命令了，她赢了。但这在我眼里并没有消减他之前的胜利。我能够理解并完全欣赏他，就像任何一个听到这故事的男孩一样。同时，他俩又都输了：她被迫逃离游戏规则，而他对时间的操纵碰上了自己身体的限制，在过去和未来之间形成了一道不可逾越的鸿沟。

一切不都是这样？庇隆主义不是吗？社会规则不是吗？“圣诞礼物，很好，放在十二月吧。”“现在你要为假期付费，一家海滩上的工会旅馆……不，最好是在山上。就这样，完美。”有组织的社会。

自从庇隆主义成为过去，母亲就成了激进的反庇隆主义者，我觉得她不是独自一个人。以时间的形式，阿根廷资产阶级那点“该死的东西”影响了非资产阶级。是时间启动了主人和奴隶的辩证关系、颠倒过来（辩证关系不颠倒没法启动）。“反向生活”也许就是从那儿来的。我觉得父亲是用这个来指“创造一个不生产的女人”。在顺向的生活里为什么要创造她呢？

“反向生活”和“反向的世界”还不一样。后者更为普通，有很多例子可以观察，那时候给我留下深刻记忆的一个就发生我朋友L的家里，他是我的一个同学，有段时间我俩形影不离。他也是独生子，但有一点让一切都不一样：他没有父亲，父亲死了，也就终结了兄弟姐妹的可能性。对比来看，我们活着的父母采取了一种冷静的弃权态度，他们不想再要孩子；而死去的人想要也要不了了。在幻想中，有一个角色的转换：死去的父亲表现得更为积极主动（如果他还活着，会有孩子的），而那些活着的却更消极被动。此外，还有一点不同：L属于中产阶级。对我来说，他处在另一个世界。孤儿身上已经有种浪漫的光环，就像经历过什么不可思议的事，因为不可思议所以不可能在现实中发生。他和他母亲住在我家拐角一栋新式的房子里；我每次进去都会有眩晕的感觉，虽然那时候每天都去。那是我童年时代见过的唯一一个中产阶级的家，因此成了我心中的一个范式。从我父母口中，以及我现在能够回想起来的，他们应该过得挺拮据，靠死者留下的一点微薄的年金，但在我当时看来还是很富有，不用看收支账单，房子就说明了一切，还有L的性格、作风，他的无忧无虑和自由。房子中央有一个大厅，放着一张巨大的桌子，我们就在那上面做作业，利用朝向院子的落地窗透进来的光。那长时间充足的光线，成了那栋房子铭刻在我记忆里的标志。

他母亲叫埃莱娜，大部分时间都待在娘家，一个离镇很远的地方。她有两个单身的妹妹，或许正是她的婚姻悲剧让她们打消了结婚的念头。她很高，结实，金发，过早地长出了白发。她留在家肯定是有朋友来看她，有时大家一起玩牌，其中一个朋友是我们学校的音乐老师，叫马尔塔·可可，胖胖的，很有活力，人也和善，抽烟。我被她迷住了，又有点害怕。幸好她从没注意过我，甚至可能从来没对我说过话，大概也没注意过我的存在。现在我知道了马尔塔·可可是同性恋，但那时她和其他女人没什么不同。她单身，跟母亲还有一个残疾兄弟住一起。

有一次，我和L坐在桌边做作业，那对好朋友也走来在另一个桌角坐下，拿着像大账簿一样的东西和小匣子……原来是集邮册。其实并不是她们的，是她们各自去世的亲人的：埃莱娜的丈夫，马尔塔的父亲。这些收藏对他们曾经非常重要，所以进行保存和扩充也成了祭奠的一部分。她们聊得火热，我推测碰头是为了检查阿根廷邮票，交换其中重复的。她们很有一套，都有依韦赫·特利耶[①]的邮票图鉴（马尔塔还有专门的彼得洛维奇[②]集邮目录作为补充），摆弄得很熟练。她们重点关注几个特定的系列，在桌子上铺开，像一副多米诺骨牌或者拼图，遇到重复的就从匣子里取出来，根据志号、日期、面值、印刷版式，不断回顾打开的集邮册或者目录……突然，我意识到那是一套艾薇塔邮票，发行于1952年，印有她的侧像和正面像，因为版本太多，很难凑齐——四十种基本款，每个面值都有一枚国产纸张、一枚进口纸张，一版胶印、一版照相凹印，一版带字、一版不带（就是说有或者没有“艾娃·庇隆”这几个字），没有齿孔的双连票，两次印刷（栗色五十分面值票还是一个罕见的错版：图案印在了水印上。同样的图案也出现在1954年艾薇塔逝世两周年纪念邮票上，而且有三个版本）。她们填上空的时候发出满足的感叹，颜色或者齿孔度数配不上会惋惜一下，专心致志，为“补充完善”感到高兴。所有的集邮者都尽力丰富自己的收藏，不管什么主题，在这一过程中，历史会成全他们的执着，把宇宙分解成适当的部分。但目前这个情况，“解放革命”之

---

①依韦赫·特利耶，原文写作Yvert-Tellier，即法语Yvert et Tellier（两个创始人的姓），法国著名的生产邮票图鉴的公司，创建于1895年。

②彼得洛维奇（Petrovich），阿根廷本土发行的邮票目录。

后，庇隆夫人这套邮票是不会再出了。有人讲过一个好玩的事，特别浪漫，说一封迟来的信隔了好多年才传到收信人手中（1955年之后），贴着艾薇塔的邮票，就像一颗星已经消亡，它发出的光还到达了地球。最后，马尔塔总结了她们的工作，并用一句话赋予了它含意："对可怜的艾薇塔，这是我们唯一能做的了。"死去的亲人给她们留下了补充集邮册的指令，同时，已经去世的艾薇塔也下达着她的指令。这句话给我留下了很深的印象，我赶忙跑去一字不差地告诉了母亲。"该死的庇隆主义者。"这是她的评论。这是反向世界的一个例子：庇隆派的中产阶级。世界包含一切，这样一来，它其中的生活也随之颠倒，正如那位死去的父亲。

我朋友L的情况似乎证实了关于男孩们的一个传言，"妈宝"，女孩们才是父亲的……其实也不是什么传言，可能是我自己的解读；一般说的是男孩长得像母亲（不就是"妈宝"），女孩长得像父亲。我是从字面上理解的，而且不接受其他解释。我们都是男孩，所以父亲们多半显得多余了。我大概是从这儿想到父亲重婚的；如果他想完成繁殖的功能，那就没有别的办法。不管那些邻居家的老巫婆怎么说，这与他对童贞圣母的虔诚并不矛盾，因为她是独身受孕、诞下圣婴的模范。为了言行合一，他只得离开，变成一个怪人。也许父亲所说的“反向的生活”就是这个奇特的判定。又或许不是。这会不会是他应该在时间里回转的路，好找到我，那个迷失在母亲里的孩子。我又瞎想了。我的一生都在试图理解他简单又像铭文般的格言，“反向的生活”。我给出了一千种解释，但没有一个能完全说服我。

“反向的生活”也让我想到了挂在树枝上睡觉、生活的小动物。非人类的东西（父亲又会不会指的这个呢），但这是从人的视角出发。动物和我们完全不同，它们的历史、生物构造、化学成分都不一样。“它们的习性”已经是人类的横加干涉。

关于这些动物中最奇怪的一个，结草虫，有段相当诗意的小插曲，尽管它让我犯了一回傻。这种虫现在已经没有了，估计灭绝了，我觉得像是真灭绝了，甚至几乎是必然的，不是因为除虫运动有效（没用的，虽然或许是人类面对虫患取得的唯一一次胜利），但是要战胜时间实在太难、太不可能了。这是一种胖肉虫子，指头大，钻在用嫩枝和叶片编成的锥形小筐里，因此坚不可摧。我试过很多次想拆一个，都失败了，因为小筐不单单是编起来的，还用它自己分泌的虫脂粘了起来，很紧，浑然一体。谁都没见过里面的肉虫，它从不离开挂在树枝上的圆锥筐。它的头是朝下还是朝上？谁知道呢。在我接下来要讲的这件事发生之前，我还都一直相信结草虫是固定在一个地方，终生不动的；这样想很自然，因为它们有更多植物而不是动物的特性。

之前说过我们房间里有一个壁炉。我们不用它来取暖（因为从来没觉得冷过），但偶尔会烧东西，烟道通畅，不冒烟也没什么气味，或许正是因为这个，喜欢用称手东西的父亲才费力地去生火，因为他烧的那些东西（枯叶、垃圾、旧家具）完全可以在花园里生火，那儿有的是地方。现在想来，他潜意识里可能是觉得，做什么都在我们自己的地盘，法律上属于我们的小世界。

某个周日，他把梯子拿出来（又一个例子：他把梯子放在床底下，至少有一半露出来，我们得特别小心别踢着，就像没有另外二十个空房间放它似的），花了好长时间摘虫，把园子里最靠近我家门那棵树树冠上的结草虫都弄掉了。他随手把它们扔到地上，然后用耙子盘到一起：巨大的一堆。

“现在呢？”我问。

“现在，咱们来烧了它们。”

他用个水桶一趟一趟地把那些虫子弄进屋，倒进壁炉里。倒完，他以一贯粗鲁着急的方式命令我来负责烧，因为他还有事。

“放心，爸爸！我负责。”我一边答应着一边去找火柴。他看都没看我就走了，好像很赶。我听到自行车穿过走廊的嘎吱声，然后是远处大门关上的声音。他去哪儿呢？我盘算着回过头来看壁炉。烧一堆结草虫似乎是件怪异残忍的事，但这是消灭那些又干又脆的生物最合适的办法了。

得，我大概也有什么事要做，把一根点燃的火柴扔到那堆虫子里就走了。我好像也特别赶，都没留下来看火有没有生起来。这大概正说明了我的用意，“放心，爸爸”，是希望他赶紧走掉吧。母亲也不在。整个上午家里都没人。中午，我正在附近一片空地里玩，听到母亲叫我吃饭，她的声音尖锐而有穿透力，需要我的时候，不管再小的事，都能毫不费力地让附近所有居民都听到我的名字，我就经常在几个街区外听到。到家的时候，父亲正在门口等我。我们一块儿进去了。我觉得有什么事不太对，第一眼看向壁炉，一只结草虫都没有，干干净净。我以为灰都清理了，他们是责怪我没主动干活。我开始咕哝着找借口，但第六感提醒我最好还是闭嘴。午饭在沉默中过去了。气氛有毒。我暗想：“有这么严重吗？他们就不能原谅我一次？”躺倒在床上……

这时我看到了它们。全都在屋顶上，挂在天花板的白石膏上，高得遥不可及。整个天花板都被占据了，因为它们彼此之间还留有空隙，这是出于本能的生存空间。排列得并不整齐，像在画一道浪，一种银河。这个密集场面太惊人了，完全忘不掉。整个天花板……像一片灯笼……它们爬走了，逃出来，去了最高的地方。

我被一种极端的恐惧侵入了。父母肯定看到了，但他们一眼都没往上瞧，也没跟我提一句……我坐在床上。母亲洗碗，父亲继续坐在那儿听广播。他们是在假装？等着我惊叫一声？我没有留下来等待答案。幸好我没脱鞋；我穿鞋上床的老毛病总引起母亲的不满，但这次却是万幸。我直接奔向门口，从父亲身后几厘米的地方蹿过……他只要伸出手臂就够了……但他没有：像是放过我了。我打开门，头也不回地在背后关上，拼命跑过走廊，跑到街上……就像再也不会回来似的。我像抛弃两尊死人的雕像一样抛弃了他们……我跑了。感觉是逃向自己的死亡。

逃跑、破釜沉舟、抛弃一切，匆忙投入未知、从零开始一段新的故事，这种经验我已经不陌生了……我是没有多少可抛弃的，但孩子嘛，总是紧紧抓住他们所有的一切，尤其因为他们还没有把所有的东西变成自己的，还在慢慢发现自己的秘密运转。但我真是准备一有警报就立刻抛下一切的。

所以，我逃走了……跟每次逃跑一样。并不远，我从来不走太远，因为我没离开过这个区。没人阻止我，甚至都没人知道，但我从不离开我家方圆两三百米之外。我很熟悉这一块儿，这就够了。它鼎鼎大名的神秘之处征服了我年少爱做梦的灵魂。母亲带我去镇中心时，我总是很兴奋，但过后就忘得一干二净；对这世上其他地方的印象总是粘不住。

关于这个片区，我知道一些具体的小细节，可能从来没人注意过，但对我的游戏很重要，比如说街角那条线……我熟悉每一个街角：这是玩一个我自己发明的游戏练出来的，我就叫它“街角游戏”，更确切地说，“街角小游戏”，指小词能更好地表现游戏之隐秘、私人、处于意识内部，对于其他人来说是个笑话、难题，对于我却是说不出的有趣……

说到这儿，我看也应该描述一下这个街角小游戏了，或者解释一下（在这些情况下，描述即解释）。我刚才也想说来着，有点不好意思扯到这么幼稚、不切实际的事情上，但如果我不说就没人说了，它会和我一起从这个世上消失；谁也说不准一条信息对别人有用没用，或者应该承认，我的犹豫是因为很难表达一件这么精确同时又这么没用的事。

正如我说过的，这个游戏在我的意识深处、由我一人进行，尽管会涉及别的人。具体情况有偶然性，有时候得我自己创造，基本上是这样：走在人行道上，经常碰到有人在我身后朝同一个方向走，不管同一侧或者马路对面，高或矮，认识或不认识，随便谁（基本上都或多或少认识）。我保持步速继续向前、到街角、转弯；只要“受害者”视线受阻，我就全速冲出去，直到估算好他也快到街角了，恢复转弯前的步速。这样，另一个人再看到我时，会发现我在一个意想不到的距离，一定会想：“怎么可能呢？”

我叫他们“受害者”，其实我并不造成什么伤害，顶多（只要不是一个对什么都注意不到的人）让他们怀疑自己的感官，怀疑计算和预测现实的效力。当然，对我来说更好玩的是受害者以为自己疯了，或者吓一跳：发现物理定律失效，拐过街角就是越过了另一个世界的边界、有不同的时空度量。我还没遇到谁能到这种程度。这是一个无害小游戏，尽管不能否认它残酷的实质。在玩这个游戏时，我扮演着“嘲笑的魔鬼”，把所有的哲学家都耍了。

玩这个游戏还有技巧，我很严肃的。在“可视”段，跑动之前和之后，要保持稳定的速度，越慢越好，但也别慢得引人注意：要正常，自然；中间段能跑多快就跑多快；另外，彻底过弯、视野遮挡之前，要抑制赶紧起步的冲动，所以必须精准地计算好斜角的角度，不要暴露跑的“企图”，调动起肌肉的神经，经验告诉我，即便是背对着、距离很远，也都能被看出来；相反，应该放松下来，想象自己会以这种平缓的步子继续走很久。当然了，最难的还是计算另一个人什么时候走到街角，这个问题对方待会儿也会算，并且算错。我不能错，要是让人看到我跑那就窘了；其实算好了时间我会提前刹车，这样比较有把握，牺牲一点点“玩笑距离”来避免风险。还得提醒的是，这个游戏从始至终都是“盲目”进行的，我绝不会回头去看走在后面的人，天机不可泄露。

这么说不知道能不能懂。最理想的是画示意图，街道、街角，虚线表示行进路线，不光是移动中的身体，还有“受害者”的视线（前者用虚线表示，后者用点线表示）。另外用带字母（A, B, A’, B’）的小十字标出游戏不同时刻的地点。这实际上是个地图游戏。

虽然我小心有加、不出任何纰漏，奇怪的是，所有人都能识破花招，也就是说，他们知道我要了花招、这不正常（或者说超常，就像我想让他们相信的那样），而且看出到底怎么回事。如果是小孩，他们立刻就会喊：“你骗不着我！别以为我没看到你跑！”诸如此类。年龄大一点的，虽然不说，也迟早会让我知道。有些女士，朋友们的母亲，在我看来很天真、最适合我的小诡计的，后来会问我“为什么要从我们旁边溜掉”，大人通常都这么理解，不能领会这个无厘头的玩笑其中的乐趣。

我之前说过，一切都是隐喻。这个小游戏包含一些生命的象征，对于小地方的年轻人，可以起到像人生规划图一样的作用；所有逃跑、成功、回归的幻想，都遵循同一个提纲，并在他人监视目光的转化下进一步成形：恰恰是这种严酷的目光，把村镇变成了监牢，也由此生出了逃离——但逃离只是为了报复性地找回这目光，使它成为多年之后转变的见证。

“多年之后……”这句话对于最突如其来的成功也非常必要，但里面有一个陷阱，因为多年过去，人会长大，他在一方面所赢得的：事业、金钱和名誉上的成功，会在另一方面被抵消，比如规模，而且这个形象看起来并没有那么遥远。时间会让生活的长跑更中立。

在所谓“停在时间里”的村镇，人给予生物时间不可思议的重要性，现在永远在，他们有自己的时序，是一种他们一直考虑的东西、持续计算的原因，从不离开他们的意识。它构成了孩子和成人之间的一个关联；成年人，最不能被怀疑、最严肃的人，总借这个话题和孩子沟通。我记得有一次，在会计办公室谈论年轻人教育问题的那位理智的先生，问了我一个这方面的问题。他问我几岁，我告诉他差不多八岁吧。

“八岁？你已经满八岁了？”

“是的。”

“那你就九岁了。”我一定露出了奇怪的表情，因为他继续解释道，“你已经过了八个生日，还没过第九个。如果不较真，没人会追究的，你完全可以说九岁了：已经满八岁了，‘有过’八岁，现在‘正有’九岁。”他朝我挤挤眼睛，表示跟我一伙的，或许还隐隐有点着急，希望我明白他的道理。我不能辜负他，我是个聪明的小伙儿，也是个乡巴佬，这一点对我很重要。他重复了一遍，确定我转过弯来了，这对他来说很重要，大概是主动承担起了向镇上孩子普及他那“来自上帝的好消息”一样的聪明话的工作。

但在我这儿他并不怎么成功，因为我开始看不到未来；我的生活越来越局限于现在、周边的环境。我可以整天在街上闲逛，但绝不会离开母亲叫我的声音萦绕的那个圈子：我可能总在期待或者害怕她会需要我，告诉我一个紧急的消息，或是讲一件奇怪的事情。这种期待营造了一个不可侵犯的现在时，我做梦都没想离开。我对家庭组织固有的脆弱也变得敏感起来。我总想在事情发生时在场，不是因为好奇或爱管闲事，更不是觉得我在场能避免一场灾难，而是相信如果没有亲眼所见，任何人都没法给我讲好这个故事。而且我怀疑自己有种隐隐的恐惧：会不会在这个小镇的陌生地段碰上父亲“另一个家”，这种可能性让我不寒而栗，不知道为什么。

我迈出的下一步就是回到过去，不是某种怀旧或考据，是一种建设性的、乐观的计划。可以想见，这个计划诞生于第一次离开我们片区，第一次出行，留下值得讲述的记忆和经历。那是在我十岁或十一岁那年，也是一个周日上午，一个春天的周日。广场上（不在中心，在镇子另一边）要举行“母亲纪念碑”揭幕仪式，学校老师鼓励我们都去参加。有力的鼓动。我记得她说周一要写一篇关于这个的作文。我跟两个住在对面的男孩一起去了，都穿着周日的盛装。许多人朝同一个方向走着，不只是去看揭幕式，也为了做弥撒；教堂就在广场对面，周日上午有三场：七点、九点、十一点。跟我一块儿去的这两个朋友和其他人一样，经常去做弥撒。当然，我是不去的。广场上的仪式在两场弥撒之间。这事很重要，因为是普林格莱斯的第一座雕塑，虽然这个小镇已经有百年历史，但却一座雕塑都没有过，之前也没人觉得缺了什么……其实几年前有过一个纪念碑，但很抽象：独石碑，这么叫是因为不知道该怎么叫，砖砌、粉刷的矮方尖碑（大约三米高），就在五月25号和13号大道交叉的路口那儿。普林格莱斯的街道都有名字或编号；编号每条都有，名字中心的才有、一般叫名字不叫号，号还在，不常用，房产登记会用；从中心往外走，街道就渐渐只剩编号，有待命名。这次的地方是两条不同等级的街道相交处，有名字的那条也带号，是日期。独石碑是扶轮社[1]捐给镇上的，很简单、规整，带着秘密社团式的象征符号，但没人会认为独石碑是一个雕塑，因此“母亲”雕塑的开创性无可争议。

走到广场前面大概五十米远，两个认识的同学跑来迎接我们，看着像待了很久了。他们一直在街角等着，着急看有没有熟人来，都等不及让我们走完最后那一段路：他们全速奔过来，从远处就开始要告诉我们什么……但乐得说不出来，快喘不过气了，一个词没完就控制不住地哈哈大笑。我们不自在地微笑着，想分享一下却没理解，继续向广场走，终于明白是笑那个雕塑，就在那儿，离街角很近。他们把我们拉过去，一路狂笑，“笑喷了”，夹着几句撩人的“你们会看到的”……

雕像实在令人扫兴。连我这样从来没见过雕像的人都能感觉到，俗气的红色花岗岩底座上，一位母亲正在给婴儿喂奶，体积比真人稍大一点。材质是白水泥，而且像是

---

①国际扶轮社下设在世界各个地区的社会服务团体，成员来自不同职业，以增进职业交流和提供社会服务为宗旨。全球第一个扶轮社于1905年创立于美国芝加哥。

用模子铸的，尤其是那个经典的姿势，跟邮票上一模一样。广场这头和对面教堂门口都有很多人，但是没人注意那雕像，并且从这些嘻嘻哈哈的朋友来看，也没人在管。

就在这时，有一家人停下来观察，我们的向导们只得刹刹车，尽最大的努力，急得不行。这时候他们终于让我们明白了笑点……很难领会，不只因为他们总被笑声打断，更是因为太难形容，不好用言语表达，属于必须亲身经历才能理解的事（也正因为这样，他们才想跟我们做个试验）。看样子，他们爬上了底座，用一根手指摸了那位母亲的乳房，同时嘴里发出“咕咕”或者类似的声音。没了。不用别的，这已经很搞笑了。笑啊笑，又是刚才那样喘不上气、忍得直抽抽地笑……自动冒出来、停不下来……咕咕……全世界最滑稽的事。“你们这就看见了吧！”难以置信，或者说，必须看到才能相信……这就是他们的兴奋点，跑到街角等我们或者任何一个熟人来分享的奇事。像所有的发现者一样，他们抑制不住地传扬刚刚发现的新世界。偶然的发现，一个挺白痴的玩笑，毫无目的；但伟大的发现都是这样的。

聒噪的证人终于走了。像猴子一样敏捷，我们的一个朋友跳上红色花岗岩、把手指正正地放在乳头上，“咕咕”……出乎他意料的是，什么都没发生。他又试了一次："咕咕"。换一只手，换了个姿势，站得更稳，重新开始……一股强大的、跟之前一样但换了咒语的魔法遏止了笑声。连微笑都开始消逝了。

"真奇怪，"他看着另一个说，对方也同样困惑，"你来试试……"

他跳下来，腾出位置。另一个上去，但没什么信心；有什么东西向他预示不会成功。真的，他放上手指，"咕咕"，没反应，机器坏掉了。像是注定的，所以他们无法接受，绞尽脑汁想找一个解释。

"怎么可能呢……这是怎么回事，刚才还……我们也碰她胸了……"没办法：现在连讲这事都不好笑了。笑声已经熄灭。我建议等一会儿，看会不会重新充满。他们根本不听我的。形势变得有点诡异，继续试验等于无止境的丢脸，连雕像都带上了一种压抑的神色。

我们分开了。我想转一圈，欣赏一下对我来说几乎是全新的风景。前面说过这是一个春天的早晨，晴朗得刚刚好。突然从"母亲"雕塑那架地狱般的机器中解脱出来，有很多要看的。普林格莱斯广场是这个国家最引人注目的建筑群之一，萨拉莫内[①]的杰作；如果说有些人的作品会

---

①弗朗西斯科·萨拉莫内，意大利著名建筑师、工程师，幼年时移居阿根廷，1936年至1940年间在布宜诺斯艾利斯省留下了大量建筑作品。

随着时间的流逝和代际的更替而越发出众，他就是这样的天才之一。

弗朗西斯科·萨拉莫内（1897—1959）是一个饱受现代主义浸染的建筑师。他在科尔多瓦[①]上学，除建筑师之外还是个工程师。1936年，省长弗雷斯科（主张君主制并握有丰富经济资源的保守派考迪罗），委派萨拉莫内负责布宜诺斯艾利斯省公共建筑的设计和建设，并且似乎给了他完全的自由去完成。短短几年（不到五年）如火如荼的热情发挥之后，市政厅、屠宰场和墓地遍地开花：佩莱格里尼、瓜米尼、托恩基斯特、拉普里达、劳奇、卡尔韦、贝迪亚、阿苏尔、巴尔卡塞、萨利格洛、特雷斯洛马斯、萨尔敦加赖，乌尔丹比列达、布安、纳瓦罗、加恰利、奇亚尔、皮罗瓦诺以及普林格莱斯[②]到处都是。这些建筑普遍体现出一种装饰艺术[③]和墨索里尼式的混合，同时吸收亚述、埃及、未来派和梦的特点。有时候，设计并不局限于建筑本身，而是包含了整体景观，效果最好的就属普林格莱斯了：广场占据了两个街区，中间一个大椭圆形矗立着

---

①科尔多瓦，指阿根廷的科尔多瓦省，位于布宜诺斯艾利斯省西北部。

②以上均为布宜诺斯艾利斯省下属的行政区划partido（县或郡）及其首府的名称。

③装饰艺术，原文为Art déco，一种重装饰的艺术风格，名称源于1925年在巴黎举行的现代工业和装饰艺术博览会，20世纪二三十年代在欧美很流行。

市政厅，是萨拉莫内名下最大最美的建筑；主体的风格延续到广场的街灯、长椅、花架、喷泉，包括人行道的地砖；绿化也是这位艺术家指导的，用了非常珍贵的北极品种，据镇上的人说，这些在原产地都已经灭绝或者退化了，留在普林格莱斯的是仅有的样本。打破这种异域情调的特例是优雅的椴树，站成两排，围绕四周。

一些研究这个建筑群的学者认为，凭借其连贯性、远距离的形式呼应（造就了一种连续的空间叙事）、虚构风格的创造力，萨拉莫内超越了主题公园，比如最早、最有名的那个，多年以后才在加利福尼亚出现。由此可以想见，那个周日早上，我重新发现这个奇迹时有多目瞪口呆。喷泉里，瘦长的红鲤鱼悬在无形的水中游转，我静静地看了很久，抬眼望见大楼的方塔，感到美得无法承受。

我开始回忆……我以前来过这儿。确实来过……以前经常来，是我最喜欢散步的地方。已经过去了这么久……人年轻的时候，对时间的计算是不同的。对一个十岁的男孩来说，遥远的记忆意味着什么？在一段如此短暂的生命中，容不下太长时程的怀旧，所以只能认为那是另一段生命，但我的意识里活跃着一个强有力的禁忌，反对“另一段生命”的隐秘含义，所以我把它变成“同一段生命”，我唯一的一生，以奇特的维度，向未知延伸……我就这样开始评估过去的种种可能性：一个打不开的保险箱，保管我所有的秘密；一个虚拟洞穴，能够堆积无尽的宝藏，都可以随便用。在一股力量的巅峰，我甚至感觉连遗忘症这个总以不可预料的形式出现的怪物，都能收进这些柔软的容器。阿里阿德涅之线[①]，引路的面包屑，能让我不在奇物柜里迷失的，只有风格；普林格莱斯广场全是风格。

在广场上，我开始重新认出它，重现当年来到这儿的情景。

当时还很小，三岁，或者四岁……上小学之前。是父亲骑自行车带我来的，我就坐在前杠上。简单算算就知道那时候他还是市里的电工，普林格莱斯的灯全由他负责，那样的话，除了周日，他不会有别的时间带儿子（还只是个新玩具）出来散步；还可以缩小范围到周日上午，因为之后他就得去打开街上的灯，这个任务不存在周末或者放假，所以肯定跟现在一样，同一天，同一个时间。这种重复加深了广场的永恒感，更有深意的是，第一次回来就赶上“母亲”纪念碑揭幕，这是打破本地艺术单调氛围的第

①阿里阿德涅是古希腊神话中克里特国王米诺斯的女儿，米诺斯将一个牛头人身的怪物（弥诺陶洛斯）关在一座迷宫里，并让雅典人每年进贡七对童男童女喂养它；阿里阿德涅爱上了来到克里特的雅典王子忒休斯，给了一个线团指引他杀死了怪物。

一次入侵，即使是以一种低调的方式，在一个角落里，掩映在一棵美丽的蓝色松树下面……

为什么父亲周日上午来这儿呢？一件事会牵出另一件，这就是记忆的好处。要回答这个问题可以再明确一下时间：春天的周日。这个印象带着我无限趋近于现在……他是来摘椴树花的，那些黄色的繁星般的花束填满了我们的袋子。我走上一条铺着蓝白色“Z”字形地砖的人行道，几乎看到了多年前的自己，就在这个地方，跟在父亲后面乱跑，晃着小孩子的小粗腿，举着袋子，急切地想要帮忙，跟现在一样……虽然个子不高，但他不用梯子就能够到那些低矮的枝丫，不用梯子，这样散步的时候都不带。椴树很小，像微缩版的，现在我伸手就能摸到叶子，那时候却感觉高不可及。

父亲感觉应该也很高，一个巨人，但是一个好巨人，我可以跟在后面寻求保护，连他总是紧张的神经、愤怒的爆发，对我而言都没什么威胁性，或许是因为这些不会威胁到我。我们还在父子、父亲和他第一个儿子的“蜜月期”。没准儿他也没有放弃过再要儿子的想法。庇隆主义还是一个融合中变幻不定的东西：一切未成定局，而他处在一个特殊的位置，这我不能隐瞒。他有过勇气为了爱情和一个不太正常的女人结婚，不仅如此，他还敢养育后代，敢“下委托”。从我母亲的肚子里可能出来任何东西，比如，一个怪物。等待的时间对他来说大概很是折磨，或许正是从那时起他的神经垮掉了。我最终很正常，但要再玩一次、再试试遗传彩票，数据这么不好，他又该担心了。这是一个艰难的决定。再说我还太小，把我带到广场来那会儿，我是不是正常还有待观察。孩子本身就是一种小怪物，我还可能长不高，可能需要眼镜……这可能也是他总骑车带我散步，空闲时候把我带在身边的原因：为了监护我。原生质[1]和庇隆主义一样，变幻不定，难以预料。后来，一年年过去，我正常地长大了，又来了“解放革命”，彻底斩断了给我生个弟弟的念头。

所有那一切对我来说都那么遥远、那么不同……究竟发生了什么，让我们改变了这么多？假如一切照旧……事实是，似乎太照旧了。我感到一种对时间的怀念，广场的空间叙事把时间变得像天空一样遥不可及。我已经不是那个跟着爸爸去摘椴树花的小孩子了，但我又还是，有些东西似乎触手可及，用心就能够到、摘下，像一颗成熟的果实……我决定重拾那个旧的我。

①原生质是构成细胞的生命物质，是生命的物质基础。

第三篇

Fragmentos de un diario en los Alpes
阿尔卑斯山日记

阿尔卑斯山日记片段

星期日

虽然这不是我第一次住到阿尔卑斯山谷这户人家，但我现在才刚刚开始想，是什么赋予了它独特的氛围，或者说，为什么我以前喜欢这儿，现在又回到这儿（以及为什么在这期间，我单凭一个记号就能辨认出关于这座宅子的回忆，并为之感到振奋）。并不是什么细微或玄妙的秘密，其实答案很显眼，甚至可以说引人注目：因为一嘟噜一嘟噜的图像，虽然这么说也不太确切。今天我突然明白了那些图像的作用，还有它们和房主之间的关联。首先要说的是，它们是一些图像和物体，有意义的物体，作为记号存在的物体，娃娃、玩具、小雕像，带造型的生活用品（人形衣帽架、植物形台灯），不实用的工具和有实效的装饰，一切都显出故事的随性。

在我的房间里，从我现在坐着写作的扶手椅，抬眼一看就可以做出如下盘点：

尽头的墙上挂着一幅意大利式宫殿的视错觉画，一条从内部看的凉廊[1]。

门边有一个可容两人的木偶剧院（我没看过里面），舞台上冒出一个骑自行车的人。

小剧院旁边是那个金属丝编成的人形衣帽架，上面挂着我的外套。

衣帽架和衣柜之间是一幅油画，安娜父亲创作的，柯洛[2]式的风景，非常漂亮。

画的下面是一个金字塔形的小书架，架上摆着书和一些杂物。

巨大的嵌入式衣柜，木门很光滑；我把它打开过不到一厘米，发现被玩具塞得爆满。

对面的墙上，从视错觉画开始看，首先是一个梯子，通向夹层的小厅，两边装着玻璃护板。

---

①此处原文用了三个意大利语词trompe l'oeil, palazzo, loggia。

②让-巴蒂斯·卡米耶·柯洛（Jean-Baptiste Camille Corot，1796—1875），法国著名的巴比松派画家，也被誉为19世纪最出色的抒情风景画家。

梯子下面，一幅镶着深色厚木框的椭圆形油画。

床头柜上摆着那盏植物形台灯和一个雕着苍蝇的玻璃杯。

床有顶，金属制、漆成白色，栏杆上装饰着植物纹样。

一个很高的白色斗橱；七个抽屉各刻一个字母，自上而下依次是西语一周七天的首字母，周围缠着花叶纹；下面的横档印着一个日期：1989；上面的环形拉手挂着一个绘有人脸的金属太阳；橱面上一盏青铜台灯和一座像出自布朗库西[①]之手的阴茎雕塑。

斗橱上方的墙上挂着一小幅安娜的绘画作品，那是她最好的作品之一，像极了她最爱的马格利特[②]的风格。

最后，角落里，一张铺着玻璃板的桌子，现在堆满了我的书，但也有很多奇特的东西；桌子上方的墙上挂着一个镶大镜子的壁龛，两侧各有一个圆形画框，里面装了照片；壁龛的托架上有一个巨大的青铜古钟，雕了一位女性带着一个孩子，底座四周布满浅浮雕；一个白色斗橱小摆件，其实是个八音盒；一个托盘里陈列的日本式花园，里面还有白色的沙子、铁栅栏和石头（类似一个游戏，每天

---

①康斯坦丁·布朗库西（Constantin Brâncuşi, 1876—1957），罗马尼亚、法国雕塑家和现代摄影家。

②雷内·弗朗索瓦·吉兰·马格利特（René François Ghislain Magritte, 1898—1967），比利时超现实主义画家，作品中带有些许诙谐以及许多引人深思的符号语言。

都可以摆出不同的格局)；还有一盏蓝色的灯，非常例外地没有表现任何形象，只是一盏灯，通体蓝色，包括按钮、电线和灯泡，好像被浸过蓝色的染料。

对面墙的窗边挂了一个全是小摆件的玻璃柜，柜子里有三层隔板，也放着一些十九世纪风格的家庭缩微景观。

窗户上方，一座镀金的小天使像浅浮雕。

要想做出完整的盘点还差得远呢。这是一个小房间，长形，但是并不使人感到拥挤，反而看起来典雅、近乎朴素。窗户透进来的阳光微弱而清澈。入夜，所有的灯由门边的开关控制着次第亮起。

整座宅子都被这些物体和图像占领，其他都是书，书里又有很大一部分是图画书，即使不是，也正处于获得更多图形的过程中；米歇尔的品味绝对偏向一种形象化的文学，或者是能催生出各种形象的文学。

今天早上，因为是周日，直到来吃午饭的客人们快到了，主人们还都穿着攒花盘龙的丝绸晨衣在家里走来走去，米歇尔手腕上戴着个丁丁手表……窗外，能看到这个中世纪小村落的一部分，远处山峦叠翠，街边河水奔流。我坐的扶手椅配了一个绣着巨大蝴蝶的靠垫，我还能把脚搁在一个脚凳上，小凳裹着胭脂红的天鹅绒，缀着金色的流苏。

写完上述内容，我站起来伸展了一下腿脚，绕着房间转了一圈，重新看看刚描写过的这一切。我发现自己不幸地在几乎所有方面都短于辞色。承认一个人的观察能力能失败到什么地步是一件很屈辱的事情，尤其这次我还一直在看，可是当角度发生变化，特别是靠近的时候，总有新的细节、新的事物显现出来，我真的相信每件物品都能用别的词更好地记述。

比如说那幅深色厚木框的“椭圆形油画”，我现在把头探进梯子下面仔细瞧，发现它并不是椭圆而是圆形，另外，玻璃下面不是我以为的画或者照片，而是一个粘在深色背景上，身着婚纱的娃娃，整个被一顶皇冠环绕；皇冠同样贴在背景板上、用白色薄纱艺术地卷出来的，它之外，新娘两侧，各有一些白色的字母，是安娜名字的首字母，大概是婚礼上的一种纪念品①。

之后，动员了全家来找相册之后（我想看），我才知道他们把大部分宝贝都藏在了阁楼和地下室，其中有攒了几十年的漫画书，图书室里放不下了，还有安娜巨大个儿的娃娃屋，一辈子都在“建设中”②，里面有供电装置、供水管道、家具、衣服、画、书，甚至给小孩子的玩具……

这项工作终于因为午餐时一位客人的追问而得见天日。

---

①纪念品，原文为法语词souvenir。

②“建设中”，原文为英语词组work in progress。

安娜回答说她已经放弃了，今年她抽不出时间，几乎什么都没干。席上一对夫妇的女儿——一位漂亮的年轻姑娘——正在写一篇博士论文，关于十八世纪意大利一位晦涩的矫饰派画家，需要进行大量的研究。她父亲催她尽快，别变成那种永远干不完的活儿，变成学识的炫耀，而她表示怕出错，要追求完美。我当然站在她父亲这边，建议她尽早完成论文，如果可能的话最好今年。

晚餐之前，我独自在底层的卫生间里待了一会儿，看到一个书架上有一堆五十年代的《历史》杂志，里面有很多珍贵的版画，经常被超现实主义者拿来当拼贴的那种。米歇尔总能在那儿找到有意思的东西，赝品、权术、欺诈，都是历史类杂志喜欢的题材。他告诉我这份收藏应该很珍贵，是一位老朋友的遗物，放在卫生间是最实际、几乎最容易被读到的地方了。我想起几年前跟一位旅法阿根廷电影导演的对话：他停顿了一下，插了好长一段话，说认识一位贵族，有次在她的城堡留宿，后半夜某个时刻（“特别特别晚了”，他强调）去卫生间，在那里看起一篇《历史》里的文章来，写得好极了；他在题外话里又以一段题外话来告诉我这个外来客，法国人有非常好的史学传统。总之，他说这么多是为了引出从那篇文章得到的信息：《圣经》中摩西这一人物形象的巴比伦起源。

安娜对我说："我在你床前的书架上放了本小书……"什么什么样的。上楼我就去看。是一本罗塔·梅根多佛[①]的奇书，里面的图像会被簧片拉动、转换场景。这是一个摹本，但作为一本机关书，应该扩展一下对"摹本"的定义了。我打算就这本书做点笔记。

取下它又放回原处的时候，我看到书架上所有的书都被一只青铜手掌抵着，感觉是罗丹某件作品的复制品，还有点像《亚当斯一家》里的那只手。

睡前最后一个念头——花园，安娜的个人财产，她的实验室、剧场和画室。今天下了一天的雨，但我却有在花园里度过了好几个小时的印象，一种可能错误的印象，尽管像我那样挨个儿观察盆栽，需要的时间肯定不会少。杜尚说过，他只要能露天保存的东西，我经常想，那书呢？以我下意识的附庸心理（我习惯的思维方式，加上对杜尚毫无偏见的崇拜），我乐意把他的话"拿来"，可是又无书不活，简直是个无解的矛盾。或者，可能只是表面上看起来无解，我太纠结于那些话的字面含意了。这个星期日，从房子和雨里学到：世间还有另一种书。

---

①罗塔·梅根多佛（Lothar Meggendorfer, 1847—1925），德国插画家，早期漫画家，因立体书而著名。

星期一

早晨我一个人在家。主人们各自出门了，马努埃尔去学院里搞一项复杂的注册（他学法律，但得报在体育专业下面，所有的课表和其他选项都得重来，为此家里已经折腾几个星期了）。我吃了早饭：阿拉伯苦薄荷茶，沏在为我准备的银制小茶壶里，还有几块家里自制的点心。我查了熊历，转两圈，看看这看看那，去了趟花园，回到屋里，挑了几本书靠在扶手椅上读。除了河水潺潺，完全寂静无声。

安娜和她父亲这位知名画家之外，家里竟然就没有别的艺术品了。米歇尔不让摆，他有个幼稚的毛病，见到艺术品就冷嘲热讽，说是给单纯无知附庸风雅的人设计的鬼把戏；其实这个表象之下，他几乎是享受艺术的，虽然他对艺术没什么耐心，也没人能强迫他生活里必须有艺术。

安娜更宽容一些，但也和她丈夫一样看不上现代艺术：讲不出故事来的就是骗子（对于专家来说，让现代艺术讲故事是很难的，可人就是喜欢用故事自我麻醉呀，“皇帝的新衣”）。

然而，比起其他地方，正是在这个“艺术之敌”的家里，我形成了对艺术的构想——那是一种转换，或者说一次重新定义，就像我昨晚对书的再判断。

也不应该动不动就说什么东西俗气，放眼看去，八音盒、小雕像、台灯、模型、机器人、木偶、大花瓶、挂盘……都是对“再现”的热衷，品味的问题，中立化可矣。

熊。房东们有一本日历，里面是对现在的预言。那种一叠的日历，每天一页，每日一撕，上面画着一只或者几只毛绒小熊，表现各种带伪装或者原型式的场景。据他们说，这套日历无比准确，从未落空；他们年初偶然买到的，只是因为好看，随着日子一天天过去，见到它日益发挥预言的能力，现在对它奉若神明，他们还说，我住在这儿期间一定会见证它的神异。

上个星期，纽约发生恐怖袭击那天，一名小熊消防员正飞快地从消防车顶上赶去救援。

星期六，我到达山谷那天，一只熊戴着眼镜正在看书。当然，重点在于如何解读。魔法之外，小熊的人形显得很可疑。而且，会不会是心理暗示呢？

雨一直下，所以我去了花园……安娜抱怨了好几次，说这场雨会毁了我在这里的假期，把我整天锁在家里……说实在的，我告诉她，我喜欢雨，也喜欢在雨里去花园。这真诚的礼貌背后还有这所房子对我产生的吸引力。我有一个颠倒的逻辑：如果下雨，出去；如果天气好，就待在家里。

花园里净是中国人，其中一个，我最喜欢的，趴在书上睡着了。一只松鼠来敲厨房门的玻璃，但不等回应便跑开了。一只乌鸫在草地上啄着什么看不见的东西。

几根细长的白色木棍支着厨房门："赶猫的"。

街对面，正对着这所房子，有一个悬在河谷上空的停车场，很小，只够停十来辆或者更少的车。去年没有停车，给一位雕塑家做了露天工作室。那是个社区项目，不知道是地区还是整个法国的，好多城市都在定制雕塑装饰公共空间。这个镇子请到一位捷克雕塑家，也叫伊日[①]，不知道姓什么，在我逗留的那段时间一直紧锣密鼓地捣鼓三块巨大的大理石料。他整天都在工作，从早到晚，戴一个面具，看起来像只巨大的昆虫，摆弄车床或者钻头，发出持续不停的嗡嗡声。大理石粉末覆盖了安娜花园里的每一片叶子，大家把窗户都封得严严实实。不用说，有人给市长写了信，不放过表示反对的任何机会，包括在铁栅栏上挂抗议的牌子。伊日应该知道大家讨厌他，但他继续工作，带着一只嗡嗡响的昆虫的执着。他的作品可以预见地丑，两个三角上架一个轮子，或者一个三角上两个轮子，记不

①伊日，暗指捷克诗人、记者、剧作家Jiri Wolker（1900—1924）。

清了。除却种种不快，安娜比较可惜的是他把大家摆到这么一个位置上：必须得恨一位艺术家，他不仅身无分文，被迫在山沟里接受一项卑微的任务，而且还是在躲避极权主义，独自漂泊异乡，并直接面对自己没有天赋的现实，一场自我的、彻底的灾难。

就是在这样的机缘下，我产生了写一部小说的想法：一位被迫流亡的艺术家，无奈远走他乡，孑然一身，无依无靠，像许多其他人一样……但我的想法是这位流亡者，由于是一位雕刻家，必须背负一个沉重的行李——他的雕塑。这可以试着作为某种隐喻，是所有流亡者的沉重回忆。当然，我没有写出这部小说来。

现在想，在这项落空的计划里，可能已经有了我不够成功的原因。所有那些能卖书能得奖的小说家同行，都写着我构思的情节的第一部分，也只写那第一部分：一位流亡者，在某个历史背景下痛苦愤懑、时运不济、爱恨纠葛、无法融入，然而对我来说，这并不能算作情节，对我来说没用；我没有点“想法”绝不下笔，而这里的想法，主人公带着巨大的大理石或者青铜雕塑出发流亡，有点太荒谬讨厌、太不现实主义了……为什么不像其他作家那样去写呢？那才是读者想看的。为什么我老在“想法”上打转，纠结独特的设定？简直是一个诅咒。我明知道一位真正优秀的作家不需要这些。

总而言之，正如我说的，我没有写出这部小说。没写那些想到的小说的好处，或者坏处，在于时间总会带来相反的“想法”，证明不写是对的。发现再现之物（一年之后的我正在做的事），显示出伊日并没有必要一直扛着那些雕塑本身，在兜里揣着复制品可以表达一样的意义，就像我尊敬的杜尚有个“便携美术馆”。

出于纳米技术的艺术。跟在许多事情上一样，杜尚领先世人指明了前进的道路（《旅行的雕塑》），但他的训示还有待进一步消化。我会偏重美国心理学家称作“控制”这方面，控制那些元素，不再只是服从。微缩一下会更方便，赌徒可以把东西变小，从手指间袖子里变没，缩小可以更好地操纵，实际尺寸就难办了。

雕塑是艺术家们最难随身携带的一种东西。材料的限制在任何活动中都存在，不光是艺术，但雕塑的确更明显。雕塑家想雕刻一件作品，他梦想的作品，最后成形的必然是另一件。一次又一次，梦从来不会变成现实，但他还是会做下去，哪怕用一生的时间，只有这样他才能始终是雕塑家，才能保持梦想。

抽象的雕塑，比如伊日的作品，在这种意义上特别具有代表性。他想雕刻大理石美女、马鹿、兰花、天使，脱手的却是立方体、球体、锥体……这种情况固然引人偷笑，但其实我们每个人都在经历。

现在，安娜告诉我伊日的雕塑已经完成了，并且最后看起来“非常漂亮”。这话从她口中说来让人非常惊讶，可能是那东西被放得很远、谁都看不见——在进镇的地方，一条路旁边，安娜提了两次我们该去看看，谁也没响应。

我坐在窗边绣蝴蝶的扶手椅上读书。主人们又惊讶又担心：我怎么一直开着窗户。他们用肺炎和噪音吵得人睡不着觉（不知道什么噪音，整个山谷笼罩着一种绝对的寂静），又用小偷来吓唬我（小偷会溜进来偷我的笔还是怎么着）。米歇尔说：“我们为了保持恒温二十二摄氏度一整年都在奋斗，最终还是没有成功。只达到二十一摄氏度。”

一阵柔风向内推开半扇窗扉，边缘擦着我的鼻尖而过，一幅映在窗上的美景流转眼前：树林，山峦，坡上几座奶油色与红色相间的小房子，直耸入灰色天际（还在下雨）的几棵高大松树的轮廓，还有隐修院，在查尔特勒山顶上，都被缩小了。在这幅画面的另一边，也就是玻璃的另一边，是白色的抽纱窗帘，上面绣着两朵花，对称，长茎在底部交织，最后汇在一个绾拢的髻上，完成了从再现到材质的跨越。

我在读什么？几篇以前怎么都找不到的巴尔扎克的短

篇小说，今天是《奥诺丽纳》。主人们有一套七星诗社的集子，在主卧扶手椅后面一个隐蔽的小图书室里，是一套好本子。他们看到我取了一本，开玩笑说："小心！我们可是有数的！"巴尔扎克是我最喜欢的小说家，米歇尔说他也是。我任凭自己沉浸在巴尔扎克的心理描写中，我也在试着写，效果完全不一样……

不久前看过一本书，一位女研究者提出，巴尔扎克，伟大的现实主义者，其实从来没有照搬他直接感知的现实，而是通过或严肃或通俗的艺术手法，比如文学、新闻、法律、政治等等话语截取；他描写一处风景，想的是某位画家的作品，如果是巴黎，会借助喜欢的插画家的版画或者硬笔画：格兰维勒会让人物更典型化，皮拉内西的建筑很给人启发；他的女主人公们，比起真实接触的女性，可能更多脱胎于时装设计、小瓷人，或是画在盘子上的仙女；甚至情节，尤其是情节，报纸、书籍的"纸上得来"远远超过自身经历。这种插入并不会让他的现实主义者身份减损半分，恰恰相反，我们应该考察一下有没有可能存在另一种形式的现实主义。巴尔扎克的伟大之处，让他被奉为现实主义之父的特质，也许正在于他根据现实的符号进行了借鉴。

随着一种文明的进步，它的一些物品会基于其他物品日益图像化。我所在的这座房子，一个被“再现”施了魔法的世界，可能是一个通往新世界的适应舱，新世界里物体、图像大量繁衍，这座房子让我们变得敏感，开始看到随处可见的符号。

这勾起我的一段回忆。三十多年前，刚搬到布宜诺斯艾利斯，我经常迷路，不认识街道也不知道公共汽车线路，只好打出租车。当时布市的出租车比现在少得多，使用率又高，很难遇到空的，往往一等几个小时。由此我形成一种条件反射，每次看到出租车前挡风玻璃上“空车”的小红灯，哪怕不用车，大脑里也会产生一股细微、隐秘的快感。有一次我把这事告诉一个朋友，他说：“你这也太容易了，你的幸福好便宜。”但这是真的，直到今天，尽管当初那些原因已经消失了，我也依然感受得到，应该是身上产生了一些不可逆的生理变化吧，就像骑自行车，一旦学会就不会忘（在内耳这个平衡中心按了个键，开启之后就不可撤销了）。我意识到很多其他事情也是一样，比如红绿灯上允许我过马路的白色小人，我特别爱走路，在三大洲的许多城市里，那个信号成了我的另一个快感触发器。说不定还有很多别的例子被遗忘在了感知的信息海洋，因为影响太小，仅存在于潜意识而不被注意，但这种遗忘是对意识来说的，于生活而言，这一潜在的愉悦可能一直有所帮助，否则怎么解释我不顾一切地继续前进。可能一个社会中，符号的大量创造也有这个隐秘的根源。

自从我到这儿，每次睡觉，不管晚上还是中午，都会做噩梦，不是跟罗兰·巴特在一座宫殿游廊里拼命赛跑，就是护照丢了、被偷了，每次旅行的经典梦境。

真没道理。我现在的状况既没麻烦也不焦虑，恰恰相反，这辈子很少有这样的轻松愉快。

我重新取出那本图像切换的小书，打算仔细看看。题目叫《给表现好的小朋友》，里面有五个场景，也就是五页，硬纸板，场景印在横条上，拉动每页底端的抽拉条，会有新的横条覆盖之前的，像一扇美式百叶窗渐次翻过来，呈现出前一个场景的结局或者反面。书堪称完美，我来回验证，拉得手指都疼了。可以说它半是书半是机械。五个场景如下：

一、一位优雅的骑师在公园悠闲地骑马，一只小狗从马前蹿过/骑师摔倒在地，马跑远了。

二、老师背对学生板书，孩子们做出各种鬼脸、玩游戏/老师转身，所有的学生低头写字。

三、一家人优雅地在公园散步/暴风雨搞得他们四散奔逃，被淋成落汤鸡。

四、夏日湖泊，天鹅和小船/冬天封冻，很多滑冰的人。

五、一位先生在猴山前看书，离得特别近/猴子们抢走了他的大衣、帽子、眼镜、雨伞、围巾、罩袍和假发。

从署名希尔德加德·克拉厄（Hildegard Krahé）的封底评论，我了解到如下信息：作者名为罗塔·梅根多佛，讽刺画家，1866年开始出版作品，之后五十年持续创作，越来越受到读者认可。他喜欢从社会最整饬的场景中攫取潜在的矛盾与意外。当然，这在幽默作品中并不稀奇。他最初尝试画系列画，之后做了各式各样的可动图片：折叠，通过簧片带动一个或几个人物动起来，最后场景完全转换。这也不是他的原创，1860年英国已经出现了，当时叫作“融景”[①]，但他是无可争议的大师，而他以这种方法制作出版的四本书中，1896年的《给表现好的小朋友》最为完美。

评论最后相当中肯地提到电影，说梅根多佛是某种意义上的先驱。这种现象今天很常见，当我们特别迷一位过去的艺术家或者作家时，就爱在他们身上寻找现代技术的影子，把我们的着迷归结到这上面。这是一对矛盾，科技——我们这个时代的标志——让我们活在一个先驱的时代。

① “融景”，原文为英语词组dissolving views。

星期二

怎么开始讲这个家的历史呢？不能是一部线性的历史，尤其不能是线性的，但回望的时候，我还是先想起了米歇尔的童年，《丁丁历险记》的小读者……他跟我说，有次他缠着妈妈买了本杂志，大概是《世界时装之苑》（*EllE*），因为上面印了丁丁的历险——黑白的一页，他用彩色铅笔全给填上了。他还说漫画[1]对他来说已经是长大之后的爱好了，类似追忆童年的感觉。他不喜欢“严肃”的漫画，也不喜欢对漫画进行严肃的解读，他会像一个聪明的孩子那样评价它们。

他的个人成长史正好赶上了文化产业发展史，见证了这一产业近三四十年来在欧洲的繁荣。丁丁，他最喜欢的人物，随着最初那批读者的成长，凭借精心设计、价格高昂的营销[2]，变成了大人的玩意儿，光这就够塞满一间屋子，更不用提那些再版、复刻、研究、传记、分析……米歇尔把所有的都买了下来，甚至推动过更多的生产，因为有一次是他提出复刻最初那些彩色作品集的。他有全套的

①漫画，原文使用法语词组bande dessinée。

②营销，原文使用英语词merchandising。

丁丁玩具，但是那里头，收藏家的贪婪还在其次（他并不是），更多体现了丁丁的历险带动周边产品的潜力，这种潜力恰恰是所有文学或艺术作品都应当学习的，大概就是米歇尔对丁丁的真爱的根源。

说到这儿，米歇尔的智性和职业的故事也应该开始了，他成了文学教授，拉丁语文学家，西班牙语文学家，最后专攻阿根廷文学，一个耽于“再现”的国度。学术界的潮流，漫画的符号学再解读和整体上的流行文化研究，给了他从成年倒退回童年的许可，但米歇尔更雅致，更富有性情，没有走那条路；他继续抱着对图像介入的兴趣，在精英文化里寻找表现，他著名的关于博尔赫斯的书就是一本文学中“融景”现象的指南。

今天安娜走得早，马努埃尔在睡觉，米歇尔和我单独吃了早饭。我征求他的同意撕下一页日历，想看看今天的运程：三只白色的小熊排成一行齐步走。这代表什么？米歇尔正从橱柜里拿东西到桌上，他早早起来是为下午一个重要会议做准备（他是大学副校长），我刚开始描述，他就惊呼：“今儿等着我呢！”他僵住了，沉浸在自己的思绪里，咬着牙嘟囔：“麻烦了……排成一行……三票反对……”他问我有没有母熊。没有，三只都是公的；一只比另外两只矮好多。副校长苦笑着：“怀恨在心的矮矬子……肯定是他。”我更加仔细地看了看，说：“走在前面那只熊手里拿着一朵蓝色的花。”米歇尔抱住头：“怕的就是这个！”但他立刻又问：“蓝色？不是紫色？”我又看了一眼：“啊对，不好意思，是紫色。我想着诺瓦利斯所以说了蓝色，不过确实是紫色。”他点点头，一副认命的样子，萎靡地倒在椅子里。我问他怎么了，他说讲起来太复杂，会让我无聊的，总之：“科研部的所有政策都在这儿了。”他比之前显得更加心事重重。

等待出发的时间，我在底层转了转，东瞧瞧西看看。我钻进放电话的楼梯底下，想看清里面挂的小画：一些油画的临摹，安娜画的迷你肖像，照着米歇尔小时候，他父母抓拍的一些家庭瞬间，转换成油画的模样。我猜这应该是有故事的，回头问问安娜，她总能讲出很多故事，但是出于某种原因我并没有问。

村子中心有座城堡，十八世纪的，总是关着门，尽管主人们还住在里面。从街上能看到一个对称的立面，像是侧面。城堡的正面应该对着河，被挡住了，它那些几何形的花园也是，据说非常漂亮。阻断村子的山坡上，公园顺势蔓延，面积很大，一直伸到远处，通往格勒诺布尔(Grenoble)的公路上。从斜坡上一条小横街能看到一处后院，我和米歇尔一起偷看过：有一个凉棚，一辆锈迹斑斑的旧摩托车，“公爵的摩托车”，我说。村口有一小段可以参观的园区：那是影视资料馆，叫作斯特拉文斯基影视资料馆，因为三十年代时斯特拉文斯基在那所房子里住过，漂亮的资产阶级样式，也是十八世纪的，原本可能是给守林员住的。房子跟前，对公众开放的区域里，摆放了一座特别好看的狗的雕塑，但是没有任何说明。

像这里的很多东西一样，这座城堡也是个文学标志：肖代洛·德·拉克洛常去，他是派驻当地的军官，把城堡的男主人或女主人化作了小说中的一个人物；附近还有两座城堡，里面住着其他角色的原型，其中之一塑造出了梅尔特伊夫人。我和安娜都很喜欢《危险关系》，她建议我去那两座看看，有次回家的时候还真让米歇尔走某条高速公路，叫我看右手边的山坡。我们像箭一样开过，我只隐约看到树丛中一个奶油色的东西。安娜喊道：

“就是那儿！你看到了吗？我好像看到梅尔特伊夫人在花园里……”

米歇尔说：

“她不是住在另外那座城堡里吗？”

安娜总能有理有据地夺得最后的话语权：

“梅尔特伊之灵一直飘荡在这整个地区。”

她可不是一位值得推荐的守护天使。

"梅尔特伊夫人结局很惨，"我回忆，"天花，被关起来……"

"但她活下来了，而且我行我素！有人写过一部续集。"

我对名著续集抱有一种强烈的成见，安娜可能从我脸色里看出来了，强调说：

"那本写得很好！"

然后我们沿着几条小路去探寻第三座城堡，藏在一片茂林中间，转了一大圈什么也没见着。但我有一种看到了什么的印象。《危险关系》的三角。这些隐秘而难以企及的地方，只对小说中的人物开放。

昨天晚上翻的书，从卧室上方小客厅的图书馆拿的：

几本马格利特，安娜最喜欢的画家。

一本有杜瓦诺[①]的照片。

一套《FMR》杂志[②]；柯克西卡的扇子和人偶[③]；阿尔

①罗伯特·杜瓦诺（Robert Doisneau, 1912—1994），法国摄影家。

②《FMR》杂志，一本著名的艺术杂志，1982年在意大利创刊，得名于创办人Franco Maria Ricci的首字母。

③奥斯卡·柯克西卡（Oskar Kokoschka, 1886—1980），奥地利艺术家、诗人和剧作家，以强烈的表现主义肖像和风景闻名，1904年得到国家奖学金在工艺美术学校求学，其间，曾接受委托设计扇子、邮票、明信片。柯克西卡与阿尔玛·马勒曾有一段热烈的恋情，但最终被拒绝。1918年，他定制了一个等身人偶，但在一次派对上毁掉了。

钦博托[1]和他的效仿者；沃邦[2]的设计模型。

一本巴齐耶[3]的专著，里面有几张非常奇怪的画；在米歇尔对绘画的冷漠轻蔑中，巴齐耶是唯一的例外，可能因为他们是老乡，都来自蒙彼利埃（Montpellier）。我床前那幅巨大的风景画，安娜父亲的作品，描绘的便是蒙彼利埃近郊树林一角，巴齐耶也在那儿画过，同一个位置。

一本书，英国的，《爱德华七世时期的玩偶之家》：打开绸带，封面和封底以书脊为轴转动、合拢，展开一幢三层楼的娃娃屋，房间、家具一应俱全，椅子、桌子、床、壁炉、浴缸、厨房等等，位置极其精妙。

小客厅里，晚上靠着读书的沙发旁边，有一个茶几，我从众多稀奇古怪的物件中间开辟了一块地方放书，比如一个上了釉的陶瓷烟灰缸，造型是一条神奇地折回自身的台阶；我悠然自得地在里面点了几张亚美尼亚纸条（标签上说正宗），是从一本横宽的小本上撕下来的，发出芬芳的香气；纸条应该折成手风琴状，出厂已经压好的，漂亮的棕色；那旁边就有火柴，装在一个花里胡哨的盒子里，表

---

①朱塞佩·阿尔钦博托（Giuseppe Arcimboldo, 1527—1593），意大利画家，擅长用水果、蔬菜、花、书、鱼等各种物体来堆砌成人物肖像。

②塞巴斯蒂安·勒普雷斯特雷·德·沃邦（Sébastien Le Prestre de Vauban, 1633—1707），法国元帅、著名军事工程师。

③简·弗雷德里克·巴齐耶（Jean Frédéric Bazille, 1841—1870），法国印象派画家。

面是一张仿制的旧汽油广告：这油好到加过的车子都飞上天了。

一个三十厘米高的山姆叔叔在他的底座上看着我。

昨晚，我从图书室回身朝沙发走，第一次发现（很惊讶它竟然一直隐蔽着）茶几另一头有一把迷你小椅子，古旧又完美。由于它和桌子的高度十分相配，产生出一种强烈的“第二现实”感。我之前居然没看见，果然太大意了。有一阵，我很想让角落里衣箱上那只泰迪熊坐上去，但已经是半夜了，放在正对面看得我心里有点发毛。

小客厅的家具里有一张翻盖式写字台，我不敢冒失，轻轻打开，隐隐地想要坐下来写点什么——还从来没用过这样的写字台呢。盖子下面是这个家里常见的小摆设[①]：娃娃、雕像、奇形怪状的旧墨水瓶、笔记本、铅笔、一只发条乌龟……还有一沓照片，我随手翻了翻，直到惊奇地发现一张我小女儿的照片，笑容满面，在我布宜诺斯艾利斯家里的阳台上。这些攒下来的东西很难不产生某种魔法般的感觉。

---

①小摆设，原文为法语词组bric-à-brac。

星期三

安娜讲了这个她父亲小时候在阿尔梅利亚的故事：

他有个小邻居兼玩伴，父亲非常有钱有势。一天，他们在做风筝，那种六角形的，在安达卢西亚称作“卢娜”①的风筝，那孩子想用又轻薄又鲜艳的纸，想起在他父亲写字台上看到过，于是跑去找。其实是些纸币，最大面额的，面积很大，颜色还漂亮。他把能找到的全抓走了，贴在一起做了个大风筝，跑去广场试飞。那位父亲从窗户看到风筝，赶到阳台上大喊。广场上有几棵大树；孩子被父亲的喊声吓到，一不留神，线在树枝上钩断了，风筝随风直上。那位先生用尽全力：“给我把‘卢娜’摘下来！给我把‘卢娜’摘下来！”听到喊声的路人不知道前因后果，只觉得莫名其妙，很快在城里传开了：“堂费尔南多疯了：他在阳台上大喊大叫要月亮。”

早上，我去宇宙②咖啡馆写东西，那是个很现代的小地方。它如此野心勃勃的名字在法国并不奇怪，到处都有“属于宇宙的”咖啡馆和小酒吧。安娜坚持要知道我坐哪张

---

①“卢娜”，原文为西班牙语词luna，意为月亮。

②宇宙，原文为法语词l'univers。

桌子，我这才意识到我总是坐同一个位置，只要没被占，在这家咖啡店如此，在布宜诺斯艾利斯或者随便哪个常去的咖啡馆也是如此。这是咖啡店的风水，不用说我们也会。

去年我常去罗斯酒吧，那儿气氛更好，今年我也去了两次，但是发生了一件奇怪的事情，让我对它突然有了芥蒂。有一天，为了给在布宜诺斯艾利斯的莉莉安娜打电话，我走进一个电话亭，村里的两个电话亭之一（不想让主人们破费，我每天都用卡在外面打电话）。半下午，天空飘着毛毛雨，电话亭所在的小广场上一个人也没有。我们正告别，有人跑过来想打开玻璃门，一个年轻人，三十岁上下，瘦瘦小小的，样子很普通。我以为他没看见我，或者着急打电话，不过反正我已经说完了。我挂上电话离开，扶着门好让他进去，但他并没有打算进，相反，他堵在我前面，气势汹汹地质问我是在给他打电话吗，打通又挂断，打通又挂断，为什么要骚扰他。我愣了一会儿才反应过来。他在我眼前挥舞一个小小的手机，给我看屏幕，因为是跑过来的，又生气，显得情绪激动。似乎是有人给他打电话，他接起来又挂断，但是手机有来电记录，骚扰电话的号码就是这个电话亭的，他知道，因为他用过。他大概也不完全肯定，因为进去确认来着，还斜眼监视着我，怕我逃跑。

我跟他说我是外国人，刚才在和南美洲的妻子通电话，我前两天才来，谁都不认识，绝对不会给他或者给任何人打恶意的电话。他看起来并没被说服，连我的口音也没能加以区分，他又对我重复了一遍之前说的话，我耸耸肩膀，他问我之前有没有别人用电话，我百分之两百肯定没有，周围就没人。他又问我打了多久的电话，“十分钟”，我随口答道。失策，应该说五分钟的，那更接近事实，也能把我放在更可靠的位置。他比以前还不相信我，但是没有找到更多的理由，大概也觉得继续没有证据地指控我、无端恶意揣度一个完全陌生的人很没道理，所以放我走了，或者说，我走了他也没说什么。我没有回头，但我确定他跟着我。

第二天，我去罗斯酒吧，偶然从笔记本上抬起目光，发现他正在对面的广场，停着去格勒诺布尔的大巴的地方，观察我，过一会儿还进来了，坐在另一头的桌子旁，一直在用一面镜子监视我，直到我离开。那对面有村里另一座电话亭，我想给莉莉安娜打个电话，没敢。万一我在电话亭的时候他手机又响了挂断呢？有没有可能我家的电话号码，或者那之前要拨的无数代码，以某种方式跟他的手机关联着、会把它弄响？这些鬼机器可什么都会发生。最近几年法国人真是跟手机杠上了。

安娜给我展示了她的两株食肉植物，她非常喜欢，给我解释它们怎么捕虫，早上怎么知道它们吃过了没有。它们的消化非常缓慢。我去找相机，想给孩子们照下来，不然他们肯定不相信：食肉植物比起现实世界似乎更属于虚构世界，尽管我们知道它们存在，但总不相信它们在某个特定的时间地点存在。

安娜看着我拍，小声抗议着。她对照片很恐惧，从来不让我给她照相（但她是一位非常优秀的摄影师，已经为我照了上百张好照片）。对于食肉植物，她没敢阻止我，但之后对我进行了各种警告：我应该告诉孩子们，她养这些植物纯属偶然，是她经常光顾的那家苗圃的老板送的，她收下了，因为那人说没人愿意买，她不收就该全部销毁了……她可不想他们认为她是个巫婆，诸如此类。

让我惊奇的是，门边娇弱的爬藤，总被安娜称为“桑给巴尔[①]的微笑”的植物，是一株山牵牛。我几乎以为山牵牛不存在呢。这个样本有且仅有一朵花，漂亮极了：小小的，四片磷光黄的花瓣攒着一个黑芯。我也给它照了一张。

照得都不好，肯定。我拍照总是悲剧，或者说，悲剧是生就没有这方面的天赋。我安慰自己只是帮助记忆的，

①桑给巴尔（Zanzibar），东非坦桑尼亚印度洋沿岸城市。

图片文献。至于盆景，我压根儿就没想拍，我觉得那些东西维度体量比较重要，需要某种布景，这远远超出了我的能力范围，就像那些微缩景观总贯串着一个故事，这是我正在向这栋房子和房子里的人学习的：对一件事物的描述，从我们所在的正常规格的世界出离的时候（也就是说：无话可说了），故事就产生了，产生的必然是一个故事。这可能就是所有故事的源头。

安娜对那些盆景的解释：要有一条枯枝，从树干的下半部分抽出，朝一个不规则的方向多延伸一些，形成一种不对称的美感。真是又古老又奇怪的原则，像她这样的严肃爱好者居然严格遵循从不质疑。还有一条原则：花盆里的小树应该是一棵，或者如果一丛的话，也得是奇数棵。但是，她有一个花盆里是两株三十厘米高的乔松！她说这是特例，并不是两棵，第二棵是从第一棵生出来的，这种情况叫作“父子树”。原来如此，我看到第二棵，也就是更细的那棵，确实不是从土里，而是从第一棵的树干上长出来的，在土表被掩盖了。我想这一切从某方面而言可能都有道理，“父子树”也许是“枯枝”的活体版。这两株小松构成的三角形让我想起普林格莱斯家门口那棵树，我见过的最大的树——在我十岁还是十二岁时被砍倒了，我对它像山，像巨人，大得不可想象的印象再也无法磨灭。但它确实被传为普林格莱斯最大的树，据说连航空俱乐部的飞行员都用它作为“转一圈”（他们是这么说的吗?）的标志物。我第一次走进那个公园，也看到它实际是两棵树，树干相距半米，树冠融为一体，可能也是“父子树”，如果这种形态会自然出现的话。

这些笔记中，我可能用过“收藏”这个词，因为房子里的一切都使人联想到它，但其实，这里并没有刻意进行着收藏，主人们看起来没有致力于收任何东西。在我看来，收藏家都有点怪癖，尤其对他们排除的、收藏领域之外的、不感兴趣的东西。能有一种对再现型物品的收藏吗?再现的情况太普遍了，无处不在，这我认同，因为这在很大程度上就是发生在我身上的事。我有收藏家所有的一切特质:对物质的热爱，对系列和差异的喜好，坚持，只不过我唯一热衷到施展以上才能的方面是文学，有人听说过藏“文学”的收藏家吗?只能是普遍意义上的“书”，因为文学在一切书中。

这栋房子有两层（不算夹层[①]、阁楼和地下室的话），但是建在山坡上，已经到村边了，事实上，它是这片最后一栋房子，穿过从主路分出那条小街就是公墓。墓地很陡，

①夹层，原文为意大利语词组las mezzaninas。

几乎垂直分布，站在最后一处坟墓的飞檐上，可以鸟瞰整个山谷。那条小街很陡，弯出一个拱形，曲度和相对高度都会让人对屋里的结构感到茫然。

房子上层有一扇门，关着，今天我第一次看见，虽然它就在我回卧室的走廊上，白天能经过不下十回，而且挺显眼的，抛光的栎木，跟前甚至还有两级白色大理石台阶。我没注意估计是因为它不适宜，房子二楼怎么会有一扇出去的门呢？我张大嘴看着它，用手指着它。原来这扇门朝向那条侧面的小街，我从外面见过，还特意停下来观察过，因为是一处历史景点，还挂了铭牌：同样一个石头拱门，城墙时代（十一世纪）可是城门呢。我有了一个想法，之前就该有了，因为米歇尔的书房，就在我卧室这条走廊的另一头，有一个朝街的窗户，并且高度一样，那就是说，这栋房子有两个一层，一个在另一个上面。

走廊那扇秘门旁边有一把旧跪椅，深色木质，洋红椅垫。米歇尔说是他姥姥的，虔诚的天主教徒，每天都做弥撒。跪椅上雕饰繁复，我好奇地检查，感觉有个不对称的地方，但又不知道具体在哪儿。木椅上的雕花是繁叶硕果环绕十字架的图案，最后我发现是十字架的一臂少了一半。米歇尔说是啊，谁知道什么时候因为什么缺了一块，传给他的时候就这样，可能就是这么做的，一种奇怪的炫技。

在他的遗产里，它跟丁丁《破损的耳朵》宝贵的价值相当，他书房里有一个真人大小的丁丁像。

我看的另一本书（我床前的小图书馆简直取之不尽）：《狂迷的花园——欧洲奇特植物与花园》，作者是多米尼克·朗科路[①]。

马格利特的两句话：

第一句，印于《超现实主义革命》，1929："一切都让人想到，一个物体和它所再现的事物之间，联系是如此之少。"旁边配一幅图：两栋一模一样的房子，第一栋下面写着"实物"，第二栋下面写着"再现"。

另一句："不可见的，不可能看不见。"

安娜的两个故事：

她有两个哥哥，她是家里最小的。小时候，他们的父亲经常开车带全家来个"总有点文化"的郊游。有一次他们去了萨德的城堡，参观他的墓（拉罗什，在沃克吕兹附近）。安娜的父亲是一位西班牙共和党人，可能对萨德侯爵怀有好感，因为他是激进的反教权主义者，这一点也遗传给了他女儿：她在街上看到修女教士会说各种各样的怪话，如果他们开着车，还会叫米歇尔撞上去、轧过去。事实上，

---

①Dominique Lenclud: *Les jardins du délire, Plantes Et Jardins Insolites En Europe*, Eyrolles, 1990.

萨德墓的位置并不是很明确，但那一次，在城堡的花园里，他们发现了一间破旧的小庙，或者是个纪念堂，一致认为萨德就葬在那儿。废墟里有一块大理石柱廊的基座，散落着，安娜的父亲想带走做纪念。他让大儿子去捡，那小伙子怕，他又叫二儿子，他也怕（有种民间传说的味道），最后他回头找小女儿——年纪最小却最勇敢的一个，总能做到她两个哥哥不敢做的事情。认识她之后，这一点我完全不奇怪——他们行动起来，全部上车，发动，安娜跑过去，两手抱起那块大理石，跑回车上，一家人扬长而去。直到今天，萨德侯爵墓柱础的一块还躺在她父亲家的阳台上。

安娜的堂兄弟胡安尼略小时候老把自己关在厕所里一个人玩，尤其是玩一个带停车位和加油站的车库，放在马桶旁边的小板凳上，一待就是几个小时，黑咕隆咚。因为安娜的叔叔婶婶都是那种“就那样儿吧”的人，灯泡烧了都能过好几个月才换，没窗的暗厕所，没灯更是完全的黑暗，安娜跟父母去他们家玩，过几个月再来还是那个坏灯泡。他们总说：“啊，对……没时间换呀。”除了黑之外，堆积的玩具加剧了厕所的不便，门都打不开，得侧着身子进去。安娜一家到的时候，她母亲打完招呼会问：“胡安尼略在哪儿呢?”他妈妈总说：“能在哪儿，厕所呢!”他确实在那儿，在阴影中玩着。

星期四

早上起来，我着凉了。都是昨天散步闹的，但是安娜一听说就喊："你操吧！"

还冲她丈夫喊："米歇尔，翻成法语，好让他再翻成阿根廷话！"

这是他们安达卢西亚人说"你活该"的方式，因为我开着窗户睡觉。

读了一个蒂克（Tieck）的故事：《爱情与魔法》，寓意我认为是这样的：多亏了遗忘，可以一切重来、有新的想法，但最重要的是，可以重新开始同一段而不是另一段生活。遗忘就是干这个的，让人能够充满激情地重复我们仅有的一生，记着事，人更容易掉进创新的幻影。

好，这是故事蕴含的教训，故事本身说的是完全相反的东西。文学中没有遗忘症，一个故事不能重新来过；生活充满遗忘，但文学中没有，文学只能再现遗忘，而再现又否定遗忘。

最后一篇也是德国的，一个拉·莫特·富凯（La Motte Fouqué）的故事。早上皮埃尔·佩居（Pierre Péju）来了，我一来他们就介绍我们认识，今天他送来几本自己主编的书（何塞·科尔第[①]和法国信使[②]出版社的）。他是位渊博的日耳曼语文学者，尤其熟悉浪漫主义，已经给好几个善本做了翻译、写了序言。他的礼物真是恰到好处！

读书人的梦想总是会实现的，在这点上，读书人跟收藏家不一样，收藏家总有无处寻觅或者无法企及的宝贝，那恰恰是给他们生活带来意义和味道的东西。我看起来像个收藏家，但我其实是一个读者，找到了所有我听说过的书，哪怕最隐秘的，哪怕我已经忘记想要读的。

今天是一个证明。三十年前我读了艾伯特·贝金（Albert Béguin）那本书，《浪漫的灵魂和梦》（*El alma romántica y el sueño*），当时非常激动，还对所有那些很可能永远读不到的书感到伤感。时光荏苒，我找到了其中一些，其他的止于承诺，含糊、遥远，最终被遗忘。现在它们突然出现了，所有的，还有一些别的。

据介绍，拉·莫特·富凯写了很多东西，虽然读的人已经很少了。他主要是一位德国和中欧民俗的研究和搜集者，应该是在研究中发现了这个故事，和魔鬼立约、曼德

---

①何塞·科尔第（José Corti），巴黎的书店和出版社，成立于1925年，以其创始人José Corticchiato（1895—1984）命名，出版了超现实主义者包括布雷东、保罗·艾吕雅和路易·阿拉贡的作品。

②法国信使（Mercure de France），创办于17世纪的文学杂志，原名《文雅信使》（*Mercure Galant*），后更名、逐渐发展为出版社，现在为Gallimard出版集团旗下公司。

拉草传说的某个版本。故事就叫《曼德拉草》，他书里说像一种张牙舞爪的小蝌蚪，被塞在一个狭小如圣骨盒、密封且牢不可破的细颈瓶里。它向主人许诺，他想要多少钱立刻就能有多少钱，代价是交出灵魂，条件很奇特，他必须是小细颈瓶的合法主人，而这个身份必须通过购买获得，关键是，买卖要有效，必须支付低于上一任主人的价格。基于这个规定，买卖是合法的，一经转手，关于灵魂的约定就失效了，卖主留下他占有期间获得的所有钱（在占有曼德拉草期间去世会下地狱，等于说魔鬼只愿意带走一个灵魂）。可以想见，这是一桩诱人的买卖，尤其是最后那个要求很让人心动——只用付比上一个占有者更少而不是更多的钱呢。

故事的主人公，一个这类故事里典型的有点疯狂，又坠入了爱河的年轻人，从一个陌生人那里买下了曼德拉草。那个人向年轻人解释了使用方法，告诉他自己是用十个杜卡多金币买来的，九个就卖给他。年轻人很莽撞地还了价，最后以五个金币成交，他滋润地过了几年，直到开始担心自己的灵魂了……总是这样。他决定卖掉它，但是没那么容易，谁会愿意花四个金币来买一个危险的玩具呢，尤其是看到主人急于摆脱它？最终他找到了一个好骗的人，但几乎同时，他又用三个钱币买一包玩意儿、把它误收了回来。从此，一段要命的“飞去来”开始了，痛苦日渐增加，曼德拉草一次又一次地回到他手中：喝醉了买，弄错了买，需要的时候买，生气了也买……价格越来越低，直到生命中一个最大的失误，他以一生太伏把曼德拉草买了回来。现在卖不出去了，没有比一生太伏更小的零钱了，这时候，这个冒失的年轻人沦为了一个万念俱灰、衣衫褴褛、疯疯癫癫的叫花子。他逃到森林的最深处，等待……等什么呢?不是等死，死是最不用等的，因为这时候死就是对他永远的判决（注意：曼德拉草不能被丢弃或毁坏，扔下悬崖、河或者井都没用，它会魔法般地回到主人的口袋，摆脱它的唯一办法是卖掉）。

结局很妙：故事开头的那个陌生人（应该说同一个魔鬼）出现在了森林里，他着急用，想买回曼德拉草，不知道要干什么。得知价格已经达到最低（他也不能破坏规则），他没有气馁，提出了如下计策：国王经常去那片森林打猎，为此[①]，他可以放出一头野猪去惊驾，等野猪快要得逞的时候，让可怜的隐居者现身救驾；出于感激，国王一定会许他一个愿望，他就可以说：请铸造半生太伏的钱币。这个天才计划成功实施了，一切完美结束。

---

①为此，原文使用拉丁语词组ad hoc。

我也想过写这种东西，但是都不顺手。这里，虚构和物种进化一样，融合了民间故事的精当，世代相传的天分，筛选出个人智慧最精华部分的集体智慧。一个作家，顶多能够比较信服地模拟一下，那也还要有才，有时间，很多年。我的时间才按星期计。

安娜的动物寓言：

一只松鼠跑来敲打厨房门玻璃，不等门开就跑了。

乌鸫跑来吃和着雨水从花园泥里冒出来的小毛虫。

有蝾螈每天早晨跟她报到，但我没有亲见。

壁虎我看到了，在窗户小洞里找一个拜日的位置。

蜗牛总是啃她的花，她又下不了决心弄死它；其实买药撒撒就成，但是怎么说呢，它们也有权利吃东西呀。

相反，猫会被她轰走。它们是顶级猎食者，总能杀掉吃掉其他小动物。在这个文明世界的角落里，猫是蛮族，无法相处，第三世界公民，跟高度融入的狗不一样。但是安娜喜欢那两只小白猫，是一对双胞胎，老在转角那个观景台公园玩。

最后一次散步，我去了墓地，看看阿玛布尔（Amable）医生的墓。他应该是巴尔扎克笔下“乡村医生”的原型。有两个阿玛布尔医生的坟墓，除了日期之外一模一样，大概是父子。墓地的教堂，一座丑陋的十一世纪平行六面体建筑，锁着，空荡荡的；从入口的铁栅栏，能窥到它满是尘埃的内部，像个工地。回到家，看到米歇尔正在翻一本杂志，也给我看了一篇文章：浪漫主义时期一位缪斯的书信出版了，她就埋在那座教堂里。[①]

---

①一年之后，誊写这些手稿的时候，我给米歇尔写信，问他那位女士的名字，当时没记。他回复："玛丽·德·弗拉维尼，达古伯爵夫人（Marie de Flavigny, comtesse d’Agoult）。她是李斯特的情人，和他育有两个女儿（其中之一的柯西玛后来嫁给了瓦格纳）。她用丹尼尔·施特恩（Daniel Stern）的笔名发表了一些《共和信》，一部《1848年革命史》，和一部半自传体小说《奈丽达》（1846）。她是乔治·桑、肖邦、圣伯夫、阿尔弗雷·德·维尼、海涅的好朋友。出版社大概十年、十五年前重新发现了她，陆续出版了回忆录和书信集。玛丽·达古的小说居然取一个这么阿根廷的名字（奈丽达），是不是很奇特，我把这作为一个美好的印迹，标志着你们国家包围我的无处不在的文艺网。她家人都葬在我们家上头那个你去过的罗曼式教堂（那儿现在还属于她的后人）：我不知道她是不是也在，或者是我做的梦，我去查查书。"

塞萨尔·艾拉
作品导读

八十部小说环游地球：艾拉博士的神奇写作

孔亚雷

八十部小说环游地球：艾拉博士的神奇写作

孔亚雷

1953年，布宜诺斯艾利斯，一位叫贡布罗维奇的49岁波兰流亡作家写下了也许是文学史上最有名（也最伟大）的日记开头：

星期一

我。

星期二

我。

星期三

我。

星期四

我。

与此同时，同样在阿根廷，在一座距布宜诺斯艾利斯三百英里的外省小镇，普林格莱斯上校城，住着一个四岁的小男孩。他叫塞萨尔·艾拉。他也将成为一位作家——一位跟贡布罗维奇同样奇特的作家。（事实上，今天他已被广泛视为继博尔赫斯之后，拉丁美洲最奇特、最具独创性的小说家之一。）自然，当时的小男孩艾拉对此一无所知。跟世界上所有的四五岁儿童一样，对他来说，“将来”（以及“文学”，或“艺术”）还不存在。他还处于自己个人的史前期，其中只有永恒的当下，和一种“动物般的幸福”（尼采语）。多年后，已成为知名小说家的艾拉，对这种史前童年期有一段极为精妙的阐释：

神秘主义者和诗人们所梦寐以求的，对现实的直觉性吸收，是儿童每天都在做的事。在那之后的一切都必然是一种贫化。我们要为自己的新能力付出代价。为了保存记录，我们需要简化和系统，否则我们就会活在永恒的当下，而那是完全不可行的。……（比如）我们看见一只鸟在

> 飞，成人的脑中立刻就会说“鸟”。相反，孩子看见的那个东西不仅没有名字，而且甚至也不是一个无名的东西：它是一种无限的连续体，涉及空气、树木、一天中的时间、运动、温度、妈妈的声音，天空的颜色，几乎一切。同样的情况发生于所有事物和事件，或者说我们所谓的事物和事件。这几乎就是一种艺术作品，或者说一种模式或母体，所有的艺术作品都源自于它。

因而，他接着指出，所谓令人怀念的童年时代，也许并非我们通常认为的那种“天真的自然状态”，而是“一种无比丰富、更加微妙和成熟的智力生活”。这或许是我们听过的关于童年（也是关于艺术）最动人而独特的解读之一。它出自塞萨尔·艾拉一篇自传性的短篇小说——《砖墙》。“小时候，在普林格莱斯，我经常去看电影。”这是小说的第一句。它以一种异常清澈的口吻，从一个成熟作家的视角，回忆了自己童年时最要好的小伙伴米格尔，以及最热衷的爱好——看电影。而将这两者交织起来的，是一个叫“ISI”的游戏，其灵感来自他们看的一部希区柯克电影，《西北偏北》——在阿根廷放映时的译名是《国际阴谋》（那就是“ISI”这个名字的由来：“国际秘密阴谋”的英文缩写）。这个游戏最基本的规则是保密："我们不允许向对方谈起'ISI'；我不应该发现米格尔是组织成员，反之亦然。交流通过放在一个双方商定的'信箱'中的匿名密件来进行。我们说好那是街角一栋废弃空房的木门上的一道裂缝……"于是，一方面，他们通过"密件"交流进行"ISI"游戏（编造某种迫在眉睫的危险，或者互相发出拯救世界的命令，或者指出敌人的行踪……），另一方面，他们又假装已经彻底忘了"ISI"这回事，他们继续一起玩别的游戏，但从不提及"ISI"。至于为什么要制定这种奇妙的、自欺欺人的游戏规则，作者告诉我们那是因为：

> 机密是所有一切的中心。……（但）我们一定知道——很明显——我们不管做什么都不会引起大人们的丝毫兴趣，这贬低了我们机密的价值。为了让秘密成为秘密，它必须不为人知。由于我们没有其他人，我们就只能不让我们自己知道。我们必须想办法将自己一分为二，而在游戏的世界里，那也并非完全不可能。

将自己一分为二——这既是这个游戏的核心，也是这篇小说的核心：它事关写作本身。在写作，尤其是小说写作的世界里，“将自己一分为二”不仅可能，而且必须。因为写小说在本质上就是一种游戏，一种特殊的、“ISI”式的游戏：一方面，当然是作家本人在写，但另一方面，作家又必须假装忘记是自己在写（以便让笔下的世界获得某种超越作者本人的生命力，让事件和人物自动发展）。而且由于写作是一个人的游戏，作家就只能自己不让自己知道——他（她）必须“想办法将自己一分为二”。在很大程度上，这是个微妙的分寸问题。而对这一分寸的把握能力（既控制，又不控制；既记得，又忘记），往往决定了作品的水平高低。

就这点而言，塞萨尔·艾拉无疑是个游戏大师。（另一位奇异的小说家，村上春树，也表达过类似的观点，他在一次访谈中称写作“就像在设计一个电子游戏，但同时又在玩这个游戏”，仿佛“左手不知道右手在做什么”，有种“超脱和分裂感”。）所以，《砖墙》被置于《音乐大脑》——他仅有的两部短篇小说集之一（另一部是《塞西尔·泰勒》）——的开篇，也许并非偶然。写于作家62岁之际，它并不是那种普通的追忆童年之作，而更像是对自己漫长（奇特）写作生涯的某种总结和探源。于是，只有将它放到塞萨尔·艾拉整个写作谱系的背景下，我们才能发现它所蕴藏的真正涵义——就像一颗钻石，只有把它拿出幽暗的抽屉，放到阳光下，才能看见那种折射的、多层次的、充满智慧的美。

塞萨尔·艾拉与贡布罗维奇几乎擦肩而过。1967年，当18岁的艾拉来到布宜诺斯艾利斯（此后他便一直居住在这座城市），贡布罗维奇刚于四年前，1963年，离开阿根廷去了欧洲——他再没回来过（他于1969年在法国旺斯去世）。但我们几乎可以肯定，艾拉读过贡氏那部著名的小说《费尔迪杜凯》。这不仅是因为那部小说的知名度和艾拉巨大的阅读量，更是因为《费尔迪杜凯》本身：一个三十多岁的落魄作家突然返老还童，变成一个十几岁的少年？一场试图砸破所有文明模式——从学校、城市、乡村到爱情、道德、革命，甚至时空——的荒诞疯狂冒险？这听上去几乎就像是从塞萨尔·艾拉的八十部小说中随便挑出的某一部。

八十部？对，你没听错。八十部。（事实上，这个数字还在增加，因为他还在以每年一到两部的速度出版新作。）迄今为止，艾拉先生已经出版了八十（多）部小说。它们有几个共同点。首先，它们都是字数在四到六万之间的微型长篇小说。其次，它们在文体和题材上的包罗万象，简直已经达到了某种人类极限。它们囊括了我们所能想到的几乎所有小说类型：从科幻、犯罪、侦探、间谍到历史、自传、（伪）传记、书信体……而它们讲述的故事包括：一个小男孩因冰激凌中毒而昏迷，醒来后成了一个小女孩；关于风如何爱上了一个女裁缝；一个十九世纪的风景画家在阿根廷三次被闪电击中；一种能用意念治病的神奇疗法；一个小女孩受邀参加一群幽灵的新年派对；一个韩国僧侣带领一对法国艺术家夫妇参观寺庙时进入了一个平行世界；一个政府小职员突然莫名其妙写出了一首伟大的诗歌……但在所有这些犹如万花筒般绚烂的千变万化中，我们仍能确定无误地感受到某种不变、某种统一性。那就是叙述者——塞萨尔·艾拉——的声音。这是那八十多部作品的另一个共同点：它们都是某种奇妙的矛盾混合体——尽管在想象力上天马行空，极尽狂野和迷幻，它们却都是用一种清晰、雅致而又略带嘲讽的语调写成。其结果便是，当我们翻开他的小说时，就像跌入了一个彩色的真空旋涡，或者《爱丽丝漫游仙境》中的兔子洞：一方面是连绵不绝、犹如服用过LSD般的缤纷变幻，但同时另一方面，我们又仿佛飘浮在失重的太空，感到如此悠然、宁静，甚至寂寥。

要探究塞萨尔·艾拉的这种矛盾性，我们可以从两方面入手：他的写作源头和写作方式。所有好作家（及其风格），在某种意义上，都是自我教育的结果。（我们并不否认民族和地域的重要性，尤其是考虑到拉丁美洲——作为魔幻现实主义的大本营——一向盛产如热带植物般奇异而繁茂的作家，但那又是另一个话题，这里暂且不加讨论。）虽然塞萨尔·艾拉常被拿来与自己的著名同胞博尔赫斯相提并论，虽然他们的作品都有博学、玄妙和神秘主义的倾向，但实际上他们的品味和气质却有天壤之别。因为他们的自我教育方式完全不同。博尔赫斯的写作源头是父亲的私人图书室，是《贝奥武夫》《神曲》、莎士比亚、古拉丁语、大英百科全书——总之，典型的高级精英知识分子；而塞萨尔·艾拉呢？是在家乡小镇看的两千部商业电影（大部分都是侦探片、西部片、科幻片之类的B级电影），是鱼龙混杂无所不包的超量阅读（平均每天都要去图书馆借一两本），以及上百本仅在超市出售的英语畅销低俗小说（他甚至将它们都译成西班牙文卖给了一个地下书商）。所以，很显然，上述那些“神奇”的、散发出强烈“B级片”风味的故事情节正是源自这里：盛行于上世纪五六十年代到八十年代的通俗流行文化。

而与这一源头形成鲜明对比的，是塞萨尔·艾拉的写作方式。虽然拜波普艺术所赐，通俗文化产品的地位有所提高，但在本质上它仍然是反艺术的，决定这一点的是它的制作方式：模式化和速成化。但塞萨尔·艾拉的写作方式却正好相反，它缓慢、严肃、精细——一种典型的、福楼拜式的纯文学写作。据说每天上午他都会出现在布宜诺斯艾利斯的某家咖啡馆，一边喝咖啡一边写上三四个小时，也许只写几个字，或者几十个字，最多不超过几百个字，日复一日，年复一年，从不中断。但跟福楼拜不同（事实上，跟世界上所有其他作家都不同），他从不修改。（是的，你没听错。从不修改。）也就是说，比如，不管周五时觉得周三写的如何，都绝不放弃或修改周三写下的东西——就好像不可能放弃或修改周三说过的话，或做过的事，仿佛作品*就是*人生，同样不可能更改或修正。他甚至给自己这种写法取了个名字："一路飞奔式写作"。

这怎么可能？毕竟，如果说小说世界有优于现实世界之处，那就是它更为有序，而这种不露痕迹的有序通常是作家反复打磨修改的结果。所以这只有两种可能：一、他写得极其谨慎而缓慢；二、传统小说世界中的有序——故事情节、逻辑推进，道德（或社会）意义——对他毫无意义，毫不重要。

也许那正是为什么他的作品题材如此多变的原因：故事对他毫不重要。所以他可以随便使用什么故事——任何故事。如此一来，还有什么比流行通俗文化更好的故事资源吗？还有什么比它们更可以信手拈来，更取之不竭、引人注目、多姿多彩吗？

对流行文化进行文学上的回收再利用，这显然并非他的独创。后现代文学中的“戏仿”由来已久。最典型的例子莫过于唐纳德·巴塞尔姆的《白雪公主》和托马斯·品钦的《万有引力之虹》。（前者的戏仿对象是格林童话，后者则是侦探和战争小说。）但似乎是为了平衡文本的轻浮与滑稽感，这些戏仿作品往往被赋予了某种道德重量——想想《白雪公主》中强烈的社会批判，以及《万有引力之虹》中的战争和性隐喻。但塞萨尔·艾拉不同。虽然他的叙述语调也略带嘲讽，但那是一种优雅的、有节制的、托马斯·曼式的嘲讽。他那些表面令人眼花缭乱的作品，更像是对空洞流行文化的一种“借用”，一种“借尸还魂”。或者，换句话说，他是在用无比精致的文学手法描述一种无比空洞的内容。

这才是塞萨尔·艾拉的文学独创：一种奇妙的空洞感。要更好地揭示这一点，我们还必须借助那篇《砖墙》。“最近有人问起我的品味和偏好”，小说的叙事者——即小说家本人——告诉我们，“当提到电影和我最爱的导演，对方提前代我回答说：希区柯克？”他说是的，然后他说如果对方能猜出他最爱的希区柯克电影，他会对其洞察力更加钦佩。

对方想了想，自信地报出了《西北偏北》（而它恰好也是“ISI”游戏的灵感来源）。对此，塞萨尔·艾拉分析说：

> 这让我怀疑《西北偏北》与我想必有某种明显的类似。它是部著名的空缺电影，一次大师的艺术操练，它清空了间谍片和惊悚片中所有的传统元素。由于一帮笨得无可救药的坏蛋，一个无辜的男人发现自己被卷进了一桩没有目标的阴谋，而随着情节的展开，他能做的只有逃命，根本不清楚到底怎么回事。环绕这一空缺的形式再完美不过，因为它仅仅是形式而已，换句话说，它无须跟任何内容分享自己的品质。

在这里，塞萨尔·艾拉清楚地点明了自己的秘密：他写的是一种空缺小说。所以，如果说那些通俗文化产品表面上的多姿多彩是为了掩饰其内容的空洞无物，那么对塞萨尔·艾拉的作品而言，它们的多姿多彩恰恰是为了凸显其内容的空洞无物。因为只有如此，才能让环绕这种空无的形式显得“再完美不过”，才能让形式“仅仅是形式”，而“无须跟任何内容分享自己的品质”。

于是，这样看来，塞萨尔·艾拉似乎已经完成了福楼拜的夙愿：写出一种没有内容只有形式的小说，一种纯粹的小说。（尽管他采用的方式是极为拉美化的——因极繁而极简，因疯狂而冷静，因充实而空无。）但我们仍无法满足。仅仅是形式？什么形式？而那“无须跟任何内容分享自己的品质”又是什么品质？

我们对后现代文学中的形式创新并不陌生。从法国“新小说”的极度客观化视角（以罗伯－格里耶的《橡皮》《嫉妒》为代表），到对各种新媒体的兼收并用（比如在珍妮弗·伊根的《恶棍来访》中，有一章完全是用幻灯片呈现）。但塞萨尔·艾拉似乎对这种叙述方式的创新毫无兴趣——他的笔法和结构，正如我们之前说过的，一向简朴而精确，简直近乎古典。（如果用电影做比喻，他与另一位拉美后现代文学大师波拉尼奥的区别，就是希区柯克与大卫·林奇的区别。）那么他所谓的“形式”和“品质”到底是指什么呢？也许我们可以从他另一部具有浓郁自传性的小说《艾拉医生的神奇疗法》中找到答案。

《艾拉医生的神奇疗法》——这一标题就颇具意味。虽然化身为医生，我们仍可以一眼看出那就是塞萨尔·艾拉本人。名字一模一样自不用说（而且“医生”这个词，无论在英语还是西班牙语里，都有“博士”的意思），难道还

有什么比"治疗"更适合用来象征"写作"吗?小说的开场是这样的:

> 一天清晨,艾拉医生突然发现自己走在布宜诺斯艾利斯某街区的一条林荫道上。他有梦游症,在陌生但其实很熟悉的小道上醒来也没什么奇怪的(熟悉是因为所有街道都一样)。他的生活是一种半游离半专注、半退场半在场的行走。在这种交替中,他创造了一种连续性,即他的风格,或者说,如果一个周期结束,也就创造了他的生命——他的生命将一直如此,直到尽头,直到死亡。

我们完全有理由将这段话视为一种隐晦的自传,不是吗?"一种半游离半专注、半退场半在场的行走"——这不禁叫人想起"ISI"游戏(想起"ISI"游戏式的写作,确切地说):我们必须将自己一分为二。事实上,在小说的第二章,当艾拉医生开始写作自己那部活页形式的、带有百科全书性质的毕生著作《神奇疗法》时,他已经表现得越来越像小说家艾拉(而那部著作,显然是在暗指艾拉本人的八十多部小说——就像巴尔扎克的《人间喜剧》,它们也可以被合称为《神奇写作》)：

写作收纳一切，或者说写作就是由痕迹构成的……究其本源，写作的纪律是：控制在写作本身这件事上，保持沉稳、周期性和时间份额。这是安抚焦虑的唯一方式……多年以来，艾拉医生养成了在咖啡馆写作的习惯……习惯的力量，加上不同的实际需求，让他到了一种不坐在某家热情的咖啡馆桌前就写不出一行字的程度。

但不管怎样，让我们继续假装那不是艾拉作家，而是艾拉医生。(因为阅读小说，在某种意义上，也是一种“ISI”游戏，我们也必须将自己一分为二：既知道那是虚构，又假装那是真的。)在经历了一场好莱坞式的闹剧之后，我们终于抵达了小说的最高潮——为拯救一名垂危的富商，艾拉医生决定当众施展他的神奇疗法：

真相大白的时刻近了。

真相就是他还没决定好要做什么。最近两天他琢磨了各种办法，但并没什么把握，就像最近几十年一样，自从年轻时领会到神奇疗法的那个

> 遥远的一天起。从那时到现在，他的想法基本保持原样……总会有办法的……只要时间向前走，他一定会做出点什么。不是严格的即兴发挥，而是在他一辈子的珍贵反思中找到那个恰好合适的动作。这与其说是即兴，不如说是瞬时记忆训练。

所以，这就是艾拉医生（作家）的神奇疗法（写作）：一种完全基于直觉的即兴发挥。所以塞萨尔·艾拉作品中独特的“形式”和“品质”不在于写作形式上的创新，而在于写作方式上的创新——那是一种完全地、几乎百分之百依赖直觉的写作（那也是为什么他写作极为缓慢，且从不修改的原因）。如果说所有小说家或多或少都在玩着“ISI”式的游戏，那么没有人比塞萨尔·艾拉玩得更彻底，更疯狂——但同时也更冷静。

那是一种孩子式的冷静（兼疯狂）。因为这种彻底的直觉性写作，意味着要有一种超常的直觉力，而正如我们在文章开头所引用的，塞萨尔·艾拉对童年和艺术起源的解析：“神秘主义者和诗人们所梦寐以求的，对现实的直觉性吸收，是儿童每天都在做的事。”那也正是塞萨尔·艾拉的每部小说都在做——或者说，竭力在做——的事：对现实的直觉性吸收。于是他的小说常常让我们感觉像一种“无限的连续体”，涉及星辰、超市、电影院、椴树、幽灵、狗、变老、阿尔卑斯山、睡眠、音乐、革命、暮色、马戏团……总之，“几乎一切”。于是，在《我怎样成为修女》中，在一支有毒冰激凌的引导下，一个六岁小男孩（或小女孩）展开了一场糅合了幻觉、悲伤和自我认知（一种情感上的“无限连续体”）的心理探险之旅；《风景画家的片段人生》则是真正的探险：一名流连于潘帕斯草原的德国风景画家竟然三次被闪电击中，虽然严重毁容，但他幸存了下来，并继续作画——极端的生理体验、壮阔的美洲风景与艺术的神秘交织在一起；而在《幽灵》中，我们将面对一个问题：如果收到来自另一个世界的派对邀请，你会接受吗——如果前提是你必须先去死？

相对于以马尔克斯为代表的“魔幻现实主义”，塞萨尔·艾拉或许更应该被称为“神奇现实主义”。因为“魔幻”这个词更偏于成人化，更有人工意味，所引发的寓言效果——正如马尔克斯在《百年孤独》中向我们展示的——更富含历史和政治性。而“神奇”则显然更接近童年和直觉，更轻盈、纯粹而超脱。但请注意，我们要再次回到文章开头塞萨尔·艾拉对童年的解读：这种童年式的“神奇”并非某种“天真的自然状态”，而是一种“无比丰富，更加微妙和成熟的智力生活”。于是相对应地，较之

《百年孤独》那种浓烈的历史和政治寓意，塞萨尔·艾拉的“神奇现实主义”所散发的寓言感，则显得既单调又丰富。单调，是因为它只要用一个字就可以总结：“我”。而丰富，是因为这个时刻在对现实进行着“直觉性吸收”的“我”，一如塞萨尔·艾拉举例所用的“鸟”：在孩子（以及塞萨尔·艾拉的小说）那里，“我”不仅不是我，甚至也不是“无我”，“我”是“一种无限的连续体”，“我”就是一切，而一切也都是“我”。（既然是一切，当然就已经包含了历史和政治。）

我？为什么是我？你也许会问。因为“我”是直觉的最终源头。因为即使你抛弃一切，你也永远无法抛弃“我”。（因为仍然是“我”在抛弃。）“我”是最卑微而弱小的，但同时也是最基本、最强大、最高贵而永久的。“我”最繁复又最简洁，最充实又最虚空。这个“我”并不局限于狭窄的个人视角，而更接近一种无限的、孩子般的“忘我”。正是这个“我”，定义了塞萨尔·艾拉小说世界最核心的品质（或者说形式）：既一无所有，又无所不有。

于是，我们似乎完全可以套用贡布罗维奇那奇妙的日记开头，来形容塞萨尔·艾拉的八十（多）部小说。《艾拉医生的神奇疗法》：我。《我怎样成为修女》：我。《风景画家的片段人生》：我。《幽灵》：我。我。我。我。我。我……

但贡布罗维奇的“我”与塞萨尔·艾拉的“我”有本质的区别。《费尔迪杜凯》同样是一部关于“我”的小说。这不仅指小说主人公显然就是作者本人的缩影，更是指主人公“自我身份”的不停转化：他先是逃离了自己的作家身份，变成一个叛逆的中学生；接着他又逃离学校，穿越城市与乡村，成为一个局外人；当他来到姨妈的旧式庄园，他摇身变成了一名贵族；通过挑动农民反抗地主，他俨然又成了一名革命者；而当他最终逃离一片混乱的庄园，他发现自己又不得不扮演起多情爱人的角色……因此，我们看到，《费尔迪杜凯》中的荒诞历险实际上是一场永无止境的逃离——逃离各种各样的“我”。因为根本没有真正的“我”。在贡布罗维奇看来，所谓“自我”，不过是社会文明机器制造出的各种模式化的面具。不管怎样逃离，我们都逃不开一个虚伪的、造作的、角色扮演式的“我”。

而塞萨尔·艾拉则正好相反。如果说在他那流动、飘忽、时而令人晕眩的小说世界里有什么是固定不变的，那就是“自我”。对他（以及他赖以为生的直觉）而言，“我”不是文明社会的假面具，而是他在这个变幻无常、充满焦虑的世界中最后的，也是唯一的依靠。这种对“自我”的执着和固守，在他的另一篇短篇杰作《毕加索》中，通过一个身份认同的难题，得到了完美的展现。

那个难题就是：如果有个神灵让你选择，是拥有一幅毕加索的画，还是成为毕加索，你会选择哪个？初想之下，似乎任何人——包括故事的叙述者，一位小说家（显然又是艾拉本人）——都会毫不犹豫地选择后者。“谁不想成为毕加索？”作者自问，“现代历史上还有比他更令人羡慕的命运吗？”“任何人处在我的位置都会选择第二项”，他接着说，因为它已经包含了第一项：毕加索不仅可以画出所有他喜欢的作品，而且保留了大量自己的画作——此外，变成毕加索的优点还不只如此，那还意味着能享受到他那无与伦比的创造极乐。但最终，这位叙述者还是选择了前者，原因是：

> 一个人要变成其他人，首先必须不再是自己，而没人会乐意接受这种放弃。这并不是说我自认为比毕加索更重要，或更健康，或在面对生活时心态更好。……然而，受惠于长期以来的耐心努力，我已经学会了与自己的神经质、恐惧、焦虑，以及其他精神障碍和平共处，或者至少能做到将它们置于我的控制之下，而这种权宜之计能否解决毕加索的问题就无法保证了。

这里有一种优雅的宿命感，一种平静的自认失败，一种甚至带着适度心碎的放弃。它们不时闪现在塞萨尔·艾拉那些充满自传性的短篇小说里。正如我们开头所说，这些短篇要被置于塞萨尔·艾拉的整体写作背景下，才能放射出其深邃之光——如果把他的八十多部微型长篇小说看成一个整体，一种活页形式的百科全书（《神奇写作》），那么这两部短篇集就是一种附录式的评注。

于是它们常常表现为某种神奇的自我指涉。比如，在短篇小说《音乐大脑》中，捐书晚餐、奇特的音乐自动播放机、女侏儒产下的巨蛋交错构成了一幅作者文学之源的象征图腾："在普林格莱斯的传奇历史中，由此产生的奇妙图案——一本书被精巧、平衡地放置在巨蛋顶上——最终成为市立图书馆创立的象征。"

在《购物车》中，"我"发现了一辆会自己滑行的神奇购物车，它整晚都在超市里"四处转悠"，"缓慢而安静，就像一颗星，从未犹豫或停止"，而"作为一名感觉与自己那些文学同事如此疏远和格格不入的作家，我却感到与这辆超市购物车很亲近。甚至我们各自的技术手法也很相似：以难以察觉的极慢速度推进，最终积少成多；眼光看得不远；城市题材。"

《塞西尔·泰勒》则以真实的美国先锋爵士乐大师塞西

尔·泰勒的生平为蓝本——由于艺术上过于超前而导致的不间断受挫。我们很容易注意到这两个名字的相似：塞西尔与塞萨尔。我们也同样容易注意到他们在艺术手法（及受挫程度）上的相似：“一路飞奔式”的直觉与即兴。

回到那篇《毕加索》。当主人公决定选择拥有一幅毕加索的画（而不是成为毕加索，也就是说，选择固守那个“我”），一幅中等大小的毕加索油画出现在他面前。画中是一个立体变形的女王形象。作者意识到它是对一则古老西班牙笑话的图解，那是关于一位没有意识到自己残疾的瘸腿女王，大臣们为了巧妙地提醒她，特意组织了一场盛大的花卉比赛，以便在最后请女王选出冠军时对她说出那句“Su Majestad，escoja”，即“陛下，请选择”——但如果把最后一个词破开读，意思也可以是：“陛下是瘸子”。作者接着指出，这幅画有好几个层次的意义：

> 首先是主人公瘸腿却不自知。人们有可能对自身的很多事情无从知晓（比如，就拿眼前这个例子来说，一个人到底是不是天才），但很难想象一个人会连自己瘸腿这么明显的生理缺陷都意识不到。也许原因就在于主人公的君王地位，她那独一无二的身份，这使她无法以正常的生理标

准来评判自己。

“独一无二，正如世上也只有一个毕加索。”他接着说，“这里有某种自传性，关于绘画，关于灵感……”因为“到了三十年代，毕加索已被公认是画不对称女人的大师：通过一种语言学上的绕弯子来使一幅图像的解读复杂化，可谓另一种意义上的扭曲变形，而为了突出他赋予这种手法的重要性，他选择了将其安放到一位女王身上。”最后，他又提到了这幅画的第三层意义，即它的“神奇来源”：

> 直到那时，没有一个人知道这幅画的存在；它的奥妙、它的秘密，一直以来都尘封不动，直到它在我——一个说西班牙语的人，一个热爱杜尚和鲁塞尔（雷蒙·鲁塞尔，法国超现实主义文学、新小说流派的先导者）的阿根廷作家——面前显形。

显然，这三层意义有一个共同的核心：独一无二。无论是女王、毕加索，还是我，都是独一无二、不可替代的，都是宇宙间唯一的存在。这是一个近乎终极的对自我意识的审视。这是另一种意义上的，或许也是真正的一种“民主”：每个人都是平等的。每个人都觉得自己最重要（不管我们愿不愿意承认）。事实上，不仅是女王，每个人都无法以正常的标准来评判自己，不是吗？因为那是不可能的——就像一个人无法提着自己的头发离开地面。“自我”是一种精神上的万有引力，没有它我们就会飘向彻底的虚空。

但正如我们看到的，在塞萨尔·艾拉这里，这种对“自我”偏执狂般的沉迷没有散发出丝毫的骄傲自大。相反，它显得轻柔、谦逊而又坚韧，那个独一无二的“我”，似乎成了对抗这个支离破碎、充满复制和模拟的世界的最后武器。在可能是塞萨尔·艾拉最广为人知的小说之一《文学会议》中，一名失业的翻译家兼疯狂科学家，试图以墨西哥著名作家富恩斯特为原型，克隆一支军队来掌控地球。（又一个空洞的通俗小说外壳。当然，最终计划失败了，这似乎从另一个角度暗示了自我的独一无二性：自我不可能被复制——克隆。）在小说的前半部，主人公无意间神奇地解开了一个历史谜团，从而发现了一笔古代宝藏，对于这一成就，他分析道：

> 那并非说我是个天才或特别有天赋，完全不是。恰恰相反。……每个人的思想都有自己的力

> 量，不管大小，但总是独一无二的，那种力量属于他而且唯独只属于他。这就使得他能够完成一项任务，不管那任务是伟大还是平庸，但唯独只有他才能完成。……除了读过的书，仅仅在文化领域，就还有唱片、绘画、电影……所有这些，加上自我出生起日日夜夜所经历的一切，给了我一个区别于所有人的思想构造。而那碰巧是解开希洛马库托之谜所需的；因此解开它对我来说简直轻而易举，毫不费力，就像一加一等于二那么简单。……我是唯一的一个；在某种意义上，我也是被指定的一个。

这显然是个巧妙的隐喻。它似乎在说，对于每一个人，世界上都有一个只为他（她）而存在，也只有他（她）能解开的谜。这一隐喻贯穿了艾拉博士的所有作品。借用他想必很喜欢的凡尔纳的小说标题：《八十天环游地球》，我们也许可以将塞萨尔·艾拉的所有作品总结为：八十部小说环游地球。但不管环游到何地，不管那些经历（故事）表面上多么光怪陆离，“我”仍然是“我”。“我”——那是最大和最后的局限，但也是最大和最后的安慰。甚至，也许那就是我们每个人存在的真正唯一目的——不然还能是什么呢？——去解开那个只有你才能解开的谜：生活。属于你而且唯独只属于你的生活。独一无二的生活。

图书在版编目（CIP）数据

艾拉医生的神奇疗法 / （阿根廷）塞萨尔·艾拉著；于施洋译. —杭州：浙江文艺出版社，2019.6

ISBN 978-7-5339-5570-0

Ⅰ.①艾… Ⅱ.①塞… ②于… Ⅲ.①中篇小说—阿根廷—现代 Ⅳ.①I783.45

中国版本图书馆CIP数据核字（2019）第004052号

艾拉医生的神奇疗法

AILA YISHENG DE SHENQI LIAOFA

作　　者：［阿根廷］塞萨尔·艾拉
译　　者：于施洋
责任编辑：关俊红　王莎惠
营销编辑：张恩惠
插画设计：KUNATATA
封面设计：尚燕平

出版发行：浙江文艺出版社
地　　址：杭州市体育场路347号
网　　址：www.zjwycbs.cn
经　　销：浙江省新华书店集团有限公司
印　　刷：杭州富春印务有限公司
版　　次：2019年6月第1版　2019年6月第1次印刷
开　　本：880毫米×1230毫米　1/32
字　　数：116千字
印　　张：7
插　　页：5
书　　号：ISBN 978-7-5339-5570-0
定　　价：**49.00元**

（如有印、装质量问题，请寄承印单位调换）